宋词三百首

【編者序】

最早的詩歌是《詩經》，下至楚辭、漢賦、樂府，到了唐代，發展成音節和諧、對偶工麗的五七言詩，可謂集古今體之大成。盛唐中唐之間，因歌唱而增損字句，再把整齊的句法攤破，就產生了詞，所以說詞是由詩蛻變來的，一點不錯。

詞，有令詞與慢詞兩大類，字數少的令詞稱小令，字數較多的稱中調，慢詞分疏、密兩派。詞因起源於燕樂，故早期的詞大多屬樂工詞，如《花間集》詞人的作品，不脫歌女口吻；從南唐到北宋中期，形式逐漸發展出文人詞，南宋詞壇則全是文人詞，或抒情或豪放，總歸是半壁江山之嘆。

詞原是曲子詞，故創作時須倚聲填詞，宋詞以北宋周邦彥的《清真詞》、南宋吳文英的《夢窗詞》最重聲律，然有另一派詞家認為，填詞應該像作詩一樣，有平仄即可，不須以四聲清濁多加束縛，學蘇辛的詞家便多持此一看法。元明以後，宮譜失傳，清代為詞學中興時期，各類詞選應運而生，然選家選詞有門戶之見，詞家填詞又各行其道，終究未能挽其頹風。

宋詞輯錄最早始於明末毛晉的《宋六十名家詞》，清代侯文燦有《十名家詞集》，秦恩復有《詞學叢書》；民國年間唐圭璋編纂的《全宋詞》，廣蒐博輯近二萬首，堪稱規模最大的宋詞總集。

清末民初詞學名家朱祖謀（孝臧）校刊唐宋金元詞六百餘家為《彊村叢書》，打破選詞偏見，精選大家名篇，有意承續蘅塘退士孫洙選編《唐詩三百首》的文學理想，成為家喻戶曉、影響久遠的宋詞讀本。

本書採用朱祖謀編選之《宋詞三百首》，字詞、句讀則參考近代詞學大師龍榆生《唐宋名家詞選》、上海古籍出版社蓋國梁編選《唐宋詞三百首》，由北宋而南宋，唐五代輯於附錄。

本書不刻意鋪陳典故或比較版本，但求注釋疏通詞義，編排清爽好讀，留下賞心玩味的餘地，以「人人讀經典、開卷吟古韻」與讀者共求之。

宋詞三百首

【目錄】

卷一◉北宋詞選

卷二◉南宋詞選

雲一緺

【卷一】

北宋詞選

憶餘杭【五首·其一】

潘閬

長憶錢塘，不是人寰是天上。
萬家掩映翠微間，處處水潺潺。
異花四季當窗放，出入分明在屏障。
別來隋柳幾經秋，何日得重遊。

錢塘—今浙江杭州。
人寰—人間。
翠微—山色青翠蔥蘢，此指青山。
潺潺—水流聲。
屏障—遮隔物，此指屏風。
隋柳—隋煬帝開通濟渠，沿河築堤種柳。此處代指西湖湖畔之柳。

【五首・其二】

長憶西湖，盡日憑闌樓上望。

三三兩兩釣魚舟，島嶼正清秋。

笛聲依約蘆花裡，白鳥成行忽驚起。

別來閒整釣魚竿，思入水雲寒。

盡日—整天。

島嶼—西湖中有湖心亭、三潭映月、阮公墩三島。

清秋—秋天，特指深秋。

依約—隱隱約約。

白鳥—鷺鷥等水鳥。

【五首·其三】

長憶孤山，山在湖心如黛簇。
僧房四面向湖開，輕棹去還來。
芰荷香噴連雲閣，閣上清聲閣下鐸。
別來塵土汙人衣，空役魂夢飛。

孤山—在西湖中，有白堤與岸相連。
黛簇—山峰簇擁，顏色青綠如黛。
僧房—寺廟。
棹—船槳，此代指船。
芰—菱。
連雲閣—高閣。
鐸—風鈴。
役—役使、驅使。

【五首·其四】

長憶西山，靈隱寺前三竺後。
冷泉亭上舊曾遊，三伏似清秋。
白猿時見攀高樹，長嘯一聲何處去。
別來幾向畫闌看，終是欠峰巒。

西山——一名武林山、靈隱山。
三竺——山名，有上天竺、中天竺、下天竺之分。
冷泉亭——在飛來峰下石門澗旁，唐時興建。
三伏——夏至後第三庚日是初伏，第四庚日是中伏，立秋後第一庚日為末伏。此指酷熱的天氣。
白猿——飛來峰西有呼猿洞，傳靈隱寺開山祖師慧理法師曾養白猿於此。
畫闌——彩繪的闌干。
欠峰巒——指畫中的山峰不美。

【五首·其五】

長憶觀潮，滿郭人爭江上望。
來疑滄海盡成空，萬面鼓聲中。
弄潮兒向濤頭立，手把紅旗旗不濕。
別來幾向夢中看，夢覺尚心寒。

長—通「常」，經常。

滿郭—滿城。郭，外城。

滄海—大海。

萬面鼓聲—形容潮水巨響。

弄潮兒—杭州習俗，男子將彩緞繫於旗竿或傘柄，待潮浪湧出，執旗浮潮頭而戲弄之。

把—持，舉。

夢覺—夢醒。

心寒—驚心動魄。

木蘭花

錢惟演

城上風光鶯語亂，城下煙波春拍岸。
綠楊芳草幾時休，淚眼愁腸先已斷。
情懷漸覺成衰晚，鸞鏡朱顏驚暗換。
昔年多病厭芳尊，今日芳尊惟恐淺。

木蘭花——一名玉樓春，唐教坊曲名。

鶯語——黃鶯婉轉鳴啼。

拍岸——拍打堤岸。

鸞鏡——妝鏡。

朱顏——這裡指年輕的時候。

芳尊——盛滿美酒的酒杯，也指美酒。

踏莎行◎春暮

寇準

春色將闌，鶯聲漸老，
紅英落盡春梅小。
畫堂人靜雨濛濛，屏山半掩餘香裊。
密約沉沉，離情杳杳，
菱花塵滿慵將照。
倚樓無語欲銷魂，長空黯淡連芳草。

踏莎行—詞牌名。
闌—殘、盡。
紅英—紅花。
屏山—屏風。
密約—指互訴愛慕。
杳杳—深遠無邊際。
菱花—鏡子。
慵—懶。

長相思

林逋

吳山青，越山青，兩岸青山相送迎，誰知離別情？

君淚盈，妾淚盈，羅帶同心結未成，江頭潮已平。

長相思—詞牌名。

吳山—泛指錢塘江北岸的群山，古屬吳國。

越山—泛指錢塘江南岸的群山，古屬越國。

淚盈—含淚欲滴。

羅帶—絲織的帶子。

同心結—一種結名，暗喻相愛不渝。

蘇幕遮

范仲淹

碧雲天，黃葉地，
秋色連波，波上寒煙翠。
山映斜陽天接水，
芳草無情，更在斜陽外。
黯鄉魂，追旅思。
夜夜除非，好夢留人睡。
明月樓高休獨倚，
酒入愁腸，化作相思淚。

蘇幕遮—原唐教坊曲名，來自西域。

波—水波。

寒煙—形容煙霧水氣帶有寒意。

「芳草」二句—草地綿延無際，似乎比斜陽更遙遠。

黯鄉魂—因為思念家鄉而感到黯然。

追旅思—飄流他鄉的愁思糾纏不休。追，這裡有纏住不放的意思。

漁家傲

范仲淹

塞下秋來風景異，衡陽雁去無留意。

四面邊聲連角起，

千嶂裡，長煙落日孤城閉。

濁酒一杯家萬里，燕然未勒歸無計。

羌管悠悠霜滿地，

人不寐，將軍白髮征夫淚。

塞下—邊地。

風景異—指邊塞景物與江南不同。

衡陽雁去—湖南衡陽有回雁峰，相傳雁南飛至此不過，遇春而回。

無留意—毫不留戀。

邊聲—馬嘶風號等邊地荒寒肅殺之聲。

角—軍中的號角。

嶂—連綿如屏的山峰。

長煙—狼煙。古代峰火以狼糞燒煙，其煙直上不散，可遠望示警。

燕然未勒—功業未成。燕然即燕然山，東漢竇憲追擊北匈奴，出塞三千里，至燕然山刻石記功而還。勒，刻。

羌管—羌笛，其音淒切。

將軍—作者自指。

御街行

范仲淹

紛紛墜葉飄香砌。夜寂靜，寒聲碎。
真珠簾捲玉樓空，天淡銀河垂地。
年年今夜，月華如練，長是人千里。
愁腸已斷無由醉。酒未到，先成淚。
殘燈明滅枕頭攲，諳盡孤眠滋味。
都來此事，眉間心上，無計相迴避。

御街行—又名孤雁兒，柳永創調。
香砌—有落花香味的臺階。
寒聲—風吹樹葉的聲音。
玉樓—天帝住的白玉樓，借指華美的樓閣。
練—白色的絲織品。
明滅—燈光搖曳，忽明忽暗。
攲—斜靠。
諳盡—嘗盡。
都來—算來。
無計—沒有辦法。

菩薩蠻【二首·其一】

張先

憶郎還上層樓曲，樓前芳草年年綠。
綠似去時袍，回頭風袖飄。
郎袍應已舊，顏色非長久。
惜恐鏡中春，不如花草新。

「憶郎」句—懷念情人，登樓遠眺。
「綠似」句—青草綠似郎君離去時衣袍的顏色。
惜恐—恐怕。
鏡中春—指鏡中女子的容顏如春光般姣好。

【二首·其二】

牡丹含露真珠顆，美人折向簾前過。
含笑問檀郎，花強妾貌強？
檀郎故相惱，剛道花枝好。
一向發嬌嗔，碎挼花打人。

檀郎—潘安，小字檀奴，姿儀美好。後世女子稱所愛慕的男子為檀郎。

故—故意。

挼—揉搓。「挪」的異體字。

一叢花

張先

傷高懷遠幾時窮？無物似情濃。離愁正引千絲亂，更東陌、飛絮濛濛。嘶騎漸遙，征塵不斷，何處認郎蹤？

雙鴛池沼水溶溶，南北小橈通。梯橫畫閣黃昏後，又還是、斜月簾櫳。沉恨細思，不如桃杏，猶解嫁東風。

傷高懷遠—登高思念遠方征人，不免感嘆。

窮—了結。

千絲—楊柳的長條。

東陌—東邊的道路，此指分別處。

嘶騎—馬匹嘶鳴。

征塵—車馬揚起的塵土。

小橈—小槳，代指小船。

梯橫—梯子被橫放，即撤掉。

「猶解」句—還能夠委身東風。猶解，猶得。

天仙子◎時為嘉禾小倅，以病眠，不赴府會。

張先

水調數聲持酒聽，午醉醒來愁未醒。
送春春去幾時回。
臨晚鏡，傷流景，往事後期空記省。

沙上並禽池上瞑，雲破月來花弄影。
重重簾幕密遮燈。
風不定，人初靜，明日落紅應滿徑。

小倅—小官。宋仁宗慶曆元年，張先時任嘉禾通判。

水調—曲調名，相傳隋煬帝開鑿汴河時自制此曲，其聲幽怨。

臨晚鏡—攬鏡自照而感傷衰老。

流景—流年，如流水般逝去的光陰。

後期—瞻望未來。

記省—記憶。

並禽—雙飛雙宿的鳥兒。

瞑—閉目小憩。

弄—舞動。

落紅—落花。

千秋歲

張先

數聲鶗鴃，又報芳菲歇。
惜春更把殘紅折。
雨輕風色暴，梅子青時節。
永豐柳，無人盡日花飛雪。
莫把么弦撥，怨極弦能說。
天不老，情難絕。
心似雙絲網，中有千千結。
夜過也，東方未白孤燈滅。

鶗鴃—杜鵑鳥。

芳菲歇—芳草零落。

殘紅—將要落盡的花。

風色暴—突如其來的暴風。

梅子青時節—暮春時節。

永豐柳—唐永豐坊在洛陽，白居易《楊柳枝》詞：「一樹春風萬萬枝，嫩於金色軟於絲。永豐西角荒園裡，盡日無人屬阿誰？」因以「永豐柳」泛指園柳，喻孤寂無靠的女子。

花飛雪—指柳絮。

么弦—琵琶的第四弦，因其最細，故稱。

「心似」二句—兩人的心像用絲織成的情網，中有千萬情絲打成的結。

木蘭花◎乙卯吳興寒食

張先

龍頭舴艋吳兒競，筍柱秋千遊女並。
芳洲拾翠暮忘歸，秀野踏青來不定。
行雲去後遙山暝，已放笙歌池院靜。
中庭月色正清明，無數楊花過無影。

乙卯－宋神宗熙寧八年，張先時年八十六歲。
寒食－清明節前一天，是上墳祭祖和春遊的日子。
龍頭舴艋－競渡用的一種小龍船，兩頭尖，船首有龍形雕刻。
筍柱－竹製的秋千架。
遊女－出遊的女子。
並－雙雙對對。
芳洲－水邊長有花草的地方。
拾翠－撿拾翠鳥的羽毛，泛指婦女春遊嬉戲。
秀野－郊外風光秀麗。
踏青－到野外郊遊。
行雲－用宋玉《高唐賦》典，以雲喻遊女已歸。
遙山－遠山。　放－停下。
中庭－院子裡。　過－飄過。

青門引

張先

乍暖還輕冷，風雨晚來方定。
庭軒寂寞近清明，
殘花中酒，又是去年病。
樓頭畫角風吹醒，入夜重門靜。
那堪更被明月，隔牆送過鞦韆影。

乍暖—天氣突然變暖。
定—止息。
庭軒—庭院，走廊。
中酒—病酒，因飲酒過度而不舒服。
樓—報更的譙樓。
畫角—彩繪的號角，軍中用以司昏曉、振士氣，長鳴激昂，中鳴悲切。

浣溪沙【二首・其一】

晏殊

一曲新詞酒一杯，去年天氣舊亭臺。
夕陽西下幾時回？
無可奈何花落去，似曾相識燕歸來。
小園香徑獨徘徊。

浣溪沙—唐玄宗時教坊曲名。

「去年」句—和去年相似的天氣，同樣的亭臺。

無可奈何—不得已。

香徑—落花散香的小徑。

【二首・其二】

一向年光有限身，等閒離別易銷魂。
酒筵歌席莫辭頻。
滿目山河空念遠，落花風雨更傷春。
不如憐取眼前人。

一向—一晌，一會兒。
年光—時光。
等閒—平常。
銷魂—極度悲傷和快樂。
莫辭頻—不要頻頻推辭。
滿目山河—放眼遼闊的山河。
空念遠—徒然想起遠方的人。
不如憐取眼前人—唐元稹《鶯鶯傳》，崔鶯鶯被張生拋棄後另嫁他人，張生求見鶯鶯遭寫詩回絕：「棄置今何道，當時且自親。還將舊來意，憐取眼前人。」憐取，珍惜。

清平樂【二首・其一】

晏殊

金風細細，葉葉梧桐墜。綠酒初嘗人易醉，一枕小窗濃睡。

紫薇朱槿花殘，斜陽卻照闌干。雙燕欲歸時節，銀屏昨夜微寒。

金風—秋風。古代以陰陽五行解釋季節變化，秋屬金，故稱秋風為金風。
綠酒—澄酒色綠。
紫薇—花名，夏秋開花。
朱槿—花名，即扶桑。
闌干—橫斜貌。
銀屏—屏風上以雲母石等物鑲嵌，潔白如銀，故稱銀屏。

【二首·其二】

紅箋小字，說盡平生意。
鴻雁在雲魚在水，惆悵此情難寄。
斜陽獨倚西樓，遙山恰對簾鉤。
人面不知何處，綠波依舊東流。

紅箋—精美的小幅紅紙，可用來題詩寫信。

平生意—此指平生相慕相愛之意。

「鴻雁」句—古人有魚傳尺素、雁足傳書之說，此句指無法驅遣魚雁代傳音信。

「人面」句—用崔護《題都城南莊》句：「人面不知何處去，桃花依舊笑春風。」

木蘭花

晏殊

綠楊芳草長亭路，年少拋人容易去。
樓頭殘夢五更鐘，花底離愁三月雨。
無情不似多情苦，一寸還成千萬縷。
天涯地角有窮時，只有相思無盡處。

長亭—古代十里建一長亭，供送別休息用。
年少拋人—指人由年少變為年老。
「樓頭」句—睡到五更時分被鐘聲驚醒。
「花底」句—三月花開，在霏霏細雨中思念離人。
一寸—寸心。
天涯地角—指天地盡頭。

踏莎行

晏殊

小徑紅稀，芳郊綠遍，
高臺樹色陰陰見。
春風不解禁楊花，蒙蒙亂撲行人面。
翠葉藏鶯，朱簾隔燕，
爐香靜逐游絲轉。
一場愁夢酒醒時，斜陽卻照深深院。

紅稀—花兒稀少。
綠遍—草多茂盛貌。
高臺—此指高樓。
陰陰見—暗暗顯露。
不解—不懂得。
禁—約束。
蒙蒙—形容細雨。這裡形容楊花飛散的樣子。
「翠葉」二句—意謂鶯燕都深藏不見。鶯燕暗喻伊人。
游絲轉—昆蟲吐的細絲在空中飄動。

蝶戀花【二首．其一】

晏殊

六曲闌干偎碧樹。
楊柳風輕，展盡黃金縷。
誰把鈿箏移玉柱，穿簾海燕雙飛去。

滿眼游絲兼落絮。
紅杏開時，一霎清明雨。
濃睡覺來鶯亂語，驚殘好夢無尋處。

六曲闌干—形容闌干曲折。
偎—依靠。
黃金縷—指柳條。
鈿箏—以螺鈿裝飾的箏。
玉柱—弦柱。
海燕—燕子的別稱。

一霎—極短的時間。

【二首·其二】

檻菊愁煙蘭泣露。
羅幙輕寒，燕子雙飛去。
明月不諳離恨苦，斜光到曉穿朱戶。

昨夜西風凋碧樹。
獨上高樓，望盡天涯路。
欲寄彩箋兼尺素，山長水闊知何處。

檻—闌干。

羅幙—即羅幕，絲羅的帷幕。

不諳—不瞭解。

朱戶—朱門，指大戶人家。

彩箋—彩色信紙。

尺素—書信的代稱。古人寫信用素絹，長約一尺，故稱尺素。

破陣子

晏殊

燕子來時新社，梨花落後清明。
池上碧苔三四點，葉底黃鸝一兩聲。
日長飛絮輕。
巧笑東鄰女伴，采桑徑裡逢迎。
疑怪昨宵春夢好，元是今朝鬥草贏。
笑從雙臉生。

破陣子－唐教坊曲。

新社－社日是古代祭祀土地神的日子，有春秋兩社。此指春社，約在春分前後。

碧苔－碧綠色的苔草。

絮－柳絮。

巧笑－笑得很美。

逢迎－碰面。

疑怪－怪不得。

鬥草－古代婦女的遊戲，又稱鬥百草。

雙臉－兩頰。

採桑子

晏殊

時光只解催人老，不信多情，長恨離亭，淚滴春衫酒易醒。

梧桐昨夜西風急，淡月朧明，好夢頻驚，何處高樓雁一聲。

只解—只知。

離亭—古代送別之所。

春衫—年少時穿的衣服，代指衣服。

淡月朧明—形容月色朦朧微明。

好夢頻驚—希望好夢多留一會兒，卻突然驚醒破滅。

玉樓春

宋祁

東城漸覺風光好，縠皺波紋迎客棹。
綠楊煙外曉寒輕，紅杏枝頭春意鬧。
浮生長恨歡娛少，肯愛千金輕一笑？
為君持酒勸斜陽，且向花間留晚照。

縠皺—輕紗的皺褶，此喻水的波紋。

棹—船槳，借指船。

浮生—飄浮不定的人生。

「肯愛」句—豈肯因吝惜金錢而看輕這一笑。

晚照—傍晚的陽光，夕照。

離亭燕

張昇

一帶江山如畫，風物向秋瀟灑。
水浸碧天何處斷，霽色冷光相射。
蓼嶼荻花洲，掩映竹籬茅舍。
天際客帆高掛，煙外酒旗低亞。
多少六朝興廢事，盡入漁樵閒話。
悵望倚層樓，寒日無言西下。

一帶—指金陵附近。
風物—風景。
瀟灑—蕭疏爽朗。
霽色—雨後初晴的天色。
蓼、荻—草名，生於水邊。
客帆—即客船。
酒旗—即酒簾。
低亞—低垂。
六朝—東吳、東晉、宋、齊、梁、陳六個朝代，均在南京建都。
漁樵閒話—指民間百姓的閒聊。漁，漁民。樵，樵夫。
寒日—指秋天的夕陽。

鳳簫吟

韓縝

鎖離愁、連綿無際，來時陌上初熏。
繡幃人念遠，暗垂珠露，泣送征輪。
長亭長在眼，更重重，遠水孤雲。
但望極樓高，盡日目斷王孫。
銷魂。
池塘別後，曾行處、綠妒輕裙。
恁時攜素手，亂花飛絮裡，緩步香茵。

陌上初熏—路上散發著草的香氣。

繡幃人—指閨中思婦。幃，帳子。

長亭—古代設在路邊的亭舍，常用作餞別處。

王孫—通稱貴族弟子。

銷魂—形容悲傷愁苦。

池塘—用南朝宋謝靈運《登池上樓》：「池塘生春草，園柳變鳴禽」意。

綠妒輕裙—指輕柔的羅裙和芳草爭綠。

恁時—那時。

朱顏空自改，向年年、芳意長新。
遍綠野，嬉遊醉眼，莫負青春。

素手—指女子潔白如玉的手。
香茵—芳草地。

採桑子【六首·其二】

歐陽修

輕舟短棹西湖好，
綠水逶迤，芳草長堤，
隱隱笙歌處處隨。
無風水面琉璃滑，
不覺船移，微動漣漪，
驚起沙禽掠岸飛。

採桑子—又名醜奴兒。

輕舟—輕便的小船。

棹—槳。

西湖—潁州（安徽阜陽）西湖，是歐陽修晚年隱居之處。

逶迤—綿延曲折的樣子。

琉璃—形容水面平滑如鏡。

漣漪—細小的波紋。

沙禽—沙洲上的水鳥。

【六首·其二】

春深雨過西湖好，
百卉爭妍，蝶亂蜂喧，
晴日催花暖欲然。
蘭橈畫舸悠悠去，
疑是神仙，返照波間，
水闊風高颺管弦。

爭妍—競相逞美。

然—同「燃」。

蘭橈—以木蘭樹製成的船槳，詩文中常代指船。

畫舸—畫船。

返照—反射、照射。

【六首・其三】

畫船載酒西湖好，
急管繁弦，玉盞催傳，
穩泛平波任醉眠。

行雲卻在行舟下，
空水澄鮮，俯仰留連，
疑是湖中別有天。

急管繁弦—形容各種樂器同時演奏的熱鬧情景。

玉盞催傳—舉杯暢飲，行令助興。玉盞，玉製酒杯。

「行雲」句—天光雲影在船下游移。

空水澄鮮—天空與湖水清澄明淨。

【六首．其四】

群芳過後西湖好，
狼藉殘紅，飛絮濛濛，
垂柳闌干盡日風。
笙歌散盡遊人去，
始覺春空，垂下簾櫳，
雙燕歸來細雨中。

群芳過後—百花凋零。
狼藉—形容殘花散亂的樣子。
飛絮濛濛—形容柳絮飛揚。
闌干—縱橫交錯的樣子。

笙歌—笙管伴奏的筵席。

春空—春意已逝。
簾櫳—窗簾。櫳，窗。

【六首·其五】

天容水色西湖好，
雲物俱鮮，鷗鷺閒眠，
應慣尋常聽管弦。
風清月白偏宜夜，
一片瓊田，誰羨驂鸞？
人在舟中便是仙。

雲物—雲彩風物。
鮮—鮮明秀麗。
風清月白—微風清涼，月色皎潔。
瓊田—玉田，此指月光下瑩潔如玉的湖水。
驂鸞—乘坐鸞鳥，此指成仙。驂，一車駕三馬。

【六首．其六】

平生為愛西湖好，
來擁朱輪，富貴浮雲，
俯仰流年二十春。

歸來恰似遼東鶴，
城郭人民，觸目皆新，
誰識當年舊主人？

來擁朱輪—指擔任潁州知州。朱輪，顯貴者所乘坐的車輛。

富貴浮雲—視富貴如浮雲。

遼東鶴—相傳遼東人丁令威修道成仙，曾化鶴飛歸故鄉，感嘆城郭如舊，人事已非。見晉陶潛《搜神後記》。

舊主人—指作者自己。

朝中措◎平山堂

歐陽修

平山欄檻倚晴空，山色有無中。
手種堂前垂柳，別來幾度春風。
文章太守，揮毫萬字，一飲千鍾。
行樂直須年少，尊前看取衰翁。

平山堂—在揚州城西北蜀岡中峰大明寺內，歐陽修任揚州太守時，於此築堂。

山色有無中—遠山若隱若現。

「手種」句—歐陽修曾於平山堂前種植柳樹。

別來—分別以來。歐陽修曾離開揚州八年，此次是重遊。

文章太守—歐陽修任揚州知州時，以文章名冠天下，故自稱。

揮毫萬字—當年曾在平山堂賦詩為文。

鍾—盛酒的酒器。

直須—應當。

尊—酒杯。

衰翁—老翁，此為詩人自稱。

踏莎行

歐陽修

候館梅殘，溪橋柳細，
草薰風暖搖征轡。
離愁漸遠漸無窮，迢迢不斷如春水。
寸寸柔腸，盈盈粉淚，
樓高莫近危闌倚。
平蕪盡處是春山，行人更在春山外。

候館—迎賓候客的旅舍。

草薰—草的香氣。

搖征轡—指策馬啓程。征，遠行。轡，馬韁繩。

迢迢—遙遠貌。

盈盈—指淚水充滿眼眶。

粉淚—淚水滿腮，與粉妝和在一起。

平蕪—平坦開闊的草地。

望江南

歐陽修

江南蝶，斜日一雙雙。身似何郎全傅粉，心如韓壽愛偷香。天賦與輕狂。

微雨後，薄翅膩煙光。纔伴遊蜂來小院，又隨飛絮過東牆。長是為花忙。

斜日—傍晚。

何郎傅粉—魏美男子何晏，姿儀甚美，皮膚白皙，像擦了粉一樣。此喻蝶外形嬌美，彷彿精心裝扮的男子。

韓壽偷香—晉賈充之女與美男子韓壽暗中往來，盜御賜西域奇香贈之，香氣馥郁，賈充發覺，後將女嫁給韓壽。此喻蝶戀花叢、嗜食花蜜的特性。

輕狂—情愛不專一，恣情放浪。

薄翅膩煙光—翅膀濕黏，光線穿透時顯得有些朦朧。

煙光，雨後的晚晴夕照。

生查子

歐陽修

去年元夜時，花市燈如晝。
月上柳梢頭，人約黃昏後。
今年元夜時，月與燈依舊。
不見去年人，淚滿春衫袖。

元夜—農曆正月十五夜，即元宵節，也稱上元節。
花市—賞花、賣花的集市。
燈如晝—花燈照耀，亮如白晝。
人—指佳人。

玉樓春【二首・其一】

歐陽修

尊前擬把歸期說，欲語春容先慘咽。
人生自是有情癡，此恨不關風與月。
離歌且莫翻新闋，一曲能教腸寸結。
直須看盡洛城花，始共春風容易別。

尊前—筵席上。
擬—想，打算。
歸期—離開洛陽回京師的日期。
春容—青春的容貌。
慘咽—悲傷得說不出話來。
情癡—多情的人。
翻—演唱、演奏。
新闋—新曲。
腸寸結—形容極度悲傷。
直須—真應該。
洛城花—洛陽一向以牡丹花聞名，此指美女。
共—和。
容易別—沒有遺憾地告別。

【二首・其二】

別後不知君遠近，觸目淒涼多少悶。
漸行漸遠漸無書，水闊魚沉何處問。
夜深風竹敲秋韻，萬葉千聲皆是恨。
故攲單枕夢中尋，夢又不成燈又燼。

魚沉—傳說魚能傳書，魚沉水底，指沒有音訊。

秋韻—即秋聲，此指風吹竹聲。

攲—倚。

燼—指燈芯燒成了灰燼。

訴衷情

歐陽修

清晨簾幕捲輕霜，呵手試梅妝。
都緣自有離恨，故畫作遠山長。
思往事，惜流芳。易成傷。
擬歌先斂，欲笑還顰，最斷人腸。

呵手－天冷時呵氣使手暖靈活。

梅妝－梅花妝。相傳南朝宋壽陽公主臥睡含章殿，梅花落至額上，揮拂不去，宮女效之，以紅點飾額成梅花妝。

遠山－把眉毛畫得細長，有如水墨畫中的遠山形狀。

惜流芳－痛惜流逝的年華。

斂－正容以示肅敬。

顰－皺眉。

蝶戀花

歐陽修

庭院深深深幾許？
楊柳堆煙，簾幕無重數。
玉勒雕鞍遊冶處，樓高不見章臺路。
雨橫風狂三月暮。
門掩黃昏，無計留春住。
淚眼問花花不語，亂紅飛過鞦韆去。

幾許—幾何。
楊柳堆煙—層層煙霧籠罩著楊柳。
無重數—深到數不清。
玉勒雕鞍—玉製的馬籠頭，飾有雕花的馬鞍，形容富家公子的坐騎。
遊冶—出遊尋樂。
章臺—指歌樓妓院。
橫—形容雨勢很猛。
無計—無法。
亂紅—落花。

臨江仙

歐陽修

柳外輕雷池上雨，雨聲滴碎荷聲。
小樓西角斷虹明。
闌干私倚處，待得月華生。

燕子飛來窺畫棟，玉鉤垂下簾旌。
涼波不動簟紋平。
水精雙枕，傍有墮釵橫。

月華—月光。

簾旌—簾幕。

簟—竹蓆。

水精—即水晶。

「傍有」句—枕旁有滑落的髮釵橫斜著。

浪淘沙

歐陽修

把酒祝東風，且共從容。
垂楊紫陌洛城東。
總是當時攜手處，遊遍芳叢。

聚散苦匆匆，此恨無窮。
今年花勝去年紅。
可惜明年花更好，知與誰同？

把酒—端著酒杯。
祝—祈求。
東風—春風。
從容—留連之意。
紫陌—京城郊外的道路。
洛城—洛陽。
總是—大多是。
芳叢—花叢。

「可惜」句—杜甫《九日藍田崔氏莊》：「明年此會誰知健，醉把茱萸仔細看。」

浣溪沙【二首・其一】

歐陽修

堤上遊人逐畫船，拍堤春水四垂天。
綠楊樓外出鞦韆。
白髮戴花君莫笑，六么催拍盞頻傳。
人生何處似尊前？

遊人－指踏青賞春的人。
逐－隨著。
四垂天－天幕彷彿從四面垂下，形容湖上水天一色。
戴花－古代洛陽風俗，春日人皆戴花，無分貴賤。
六么－古曲調名，唐代琵琶曲名。
催拍－形容畫船中急管繁弦的熱鬧景象。
尊－酒杯。同「樽」，古代的盛酒器具。

【二首·其二】

湖上朱橋響畫輪，溶溶春水浸春雲，
碧琉璃滑淨無塵。
當路遊絲縈醉客，隔花啼鳥喚行人，
日斜歸去奈何春。

畫輪—裝飾華美的車子。

溶溶—水盛貌。

碧琉璃—碧綠色的琉璃，此處形容湖面平靜。

遊絲—昆蟲吐出的細絲，在晴空中飄動。

縈—即縈繞，留住之意。

醉客—指陶醉在美景中的遊人。

青玉案

歐陽修

一年春事都來幾，早過了、三之二。

綠暗紅嫣渾可事。

綠楊庭院，暖風簾幕，有個人憔悴。

買花載酒長安市，

又爭似、家山見桃李？

不枉東風吹客淚。

相思難表，夢魂無據，惟有歸來是。

都來—算來。

幾—若干、多少。

三之二—指春天已過了大半。

綠暗紅嫣—綠葉幽密，紅花穠麗。

渾可事—全是賞心樂事。

長安—此指首都汴梁。

爭似—怎像。

家山—家鄉的山，指故鄉。

不枉—不怪。

是—正確、對的。

賀聖朝◎留別

葉清臣

滿斟綠醑留君住。莫匆匆歸去。
三分春色二分愁，更一分風雨。
花開花謝，都來幾許？
且高歌休訴。
不知來歲牡丹時，再相逢何處。

賀聖朝—唐教坊曲名，後用為詞牌。
綠醑—綠色的美酒。
都來—算來。
幾許—多少。
來歲—來年。
牡丹時—牡丹花開的時節。

蘇幕遮

梅堯臣

露堤平，煙墅杳。
亂碧萋萋，雨後江天曉。
獨有庾郎年最少。
窣地春袍，嫩色宜相照。

接長亭，迷遠道。
堪怨王孫，不記歸期早。
落盡梨花春又了。
滿地殘陽，翠色和煙老。

墅—田廬。
杳—幽暗深遠。
庾郎—南朝梁庾信，奉使西魏時遭亡國，被迫仕於北朝。
窣地春袍—指離鄉宦遊的才子，踏上仕途，穿上拂地的青色章服。窣地，拂地。
「嫩色」句—嫩綠的草色與袍色相呼應，襯出宦遊才子的春風得意。
王孫—貴族子孫，也用來尊稱一般青年男子。
老—借春草由嫩變老，暗寓傷春之意與倦遊心情。

雨霖鈴

柳永

寒蟬淒切。對長亭晚，驟雨初歇。
都門帳飲無緒，留戀處，蘭舟催發。
執手相看淚眼，竟無語凝噎。
念去去，千里煙波，暮靄沉沉楚天闊。
多情自古傷離別，
更那堪冷落清秋節。
今宵酒醒何處？
楊柳岸，曉風殘月。

寒蟬—秋季鳴於日暮，鳴聲悲淒。
淒切—淒涼急促。
都門—京城，指汴京。
帳飲—設帳宴飲送行。
無緒—情緒低落。
蘭舟—船的美稱。
凝噎—因悲傷哽咽說不出話來。
去去—遠去。
楚天—指南方的天空。
清秋節—蕭瑟清冷的秋天。

此去經年，應是良辰好景虛設。
便縱有千種風情，更與何人說。

經年—年復一年。
縱—即使。
風情—風流情意，男女戀愛的情懷。

蝶戀花

柳永

佇倚危樓風細細，
望極春愁，黯黯生天際。
草色煙光殘照裡，無言誰會憑闌意？
擬把疏狂圖一醉，
對酒當歌，強樂還無味。
衣帶漸寬終不悔，為伊消得人憔悴。

佇—久立。
危樓—高樓。
望極—極目眺望。
黯黯—失神憂傷的樣子。
會—理解。
擬—打算。
疏狂—狂放不羈。
對酒當歌—飲酒高歌。
強樂—強顏歡笑。
衣帶漸寬—指人日漸消瘦。
伊—伊人，指意中女子。
消得—值得。

曲玉管

柳永

隴首雲飛，江邊日晚，
煙波滿目憑闌久。
一望關河蕭索，千里清秋，忍凝眸？
杳杳神京，盈盈仙子，
別來錦字終難偶。
斷雁無憑，冉冉飛下汀洲，思悠悠。
暗想當初，

隴首—山頭。

關河—泛指山河。
忍—怎能忍受。
凝眸—目不轉睛。

杳杳—深廣渺遠的樣子。
神京—帝京，此指汴京。
盈盈—形容女子嬌媚可愛的神態。
仙子—此指詞人所愛的歌女。
錦字—指女子的書信。
難偶—難以相遇。
斷雁—古代相傳有鴻雁傳書，此指沒有音訊。

有多少、幽歡佳會，
豈知聚散難期，翻成雨恨雲愁？
阻追遊。
每登山臨水，惹起平生心事，
一場消黯，永日無言，卻下層樓。

冉冉－形容慢慢飛落。

雨恨雲愁－男女別離之情。

追遊－相隨遊樂。

消黯－黯然消魂。

永日－長日。

卻下層樓－情緒低落，獨自下樓。

定風波慢

柳永

自春來、慘綠愁紅，芳心是事可可。日上花梢，鶯穿柳帶，猶壓香衾臥。暖酥消，膩雲嚲，終日厭厭倦梳裹。無那。恨薄情一去，音書無箇。

早知恁麼，悔當初、不把雕鞍鎖。向雞窗、只與蠻箋象管，拘束教吟課。鎮相隨，莫拋躲。

是事可可—對事事都不在意。

香衾—指被子。

暖酥消—臉上塗抹的粉脂勻散了，肌膚顯得沒有光澤。

膩雲—代指女子頭髮。

嚲—下垂貌。

厭厭—無精打采的樣子。

倦梳裹—懶得梳妝打扮。

無那—無可奈何。

薄情—指薄情郎。

恁麼—這麼、如此。

雞窗—南朝宋劉義慶《幽明錄》載，宋處宗常與窗下長鳴雞對談，學問大進。後稱書

針線閒拈伴伊坐。
和我，免使年少光陰虛過。

房、書窗為雞窗。

蠻箋象管—蜀地所產的紙和象牙管的筆。

拘束教吟課—規規矩矩地吟詩誦讀。

鎮—整日。

拋躲—拋離閃躲，即分開。

伊—他。

和—允諾。

戚氏

柳永

晚秋天，一霎微雨灑庭軒。
檻菊蕭疏，井梧零亂，惹殘煙。
淒然，望江關，飛雲黯淡夕陽閒。
當時宋玉悲感，向此臨水與登山。
遠道迢遞，行人淒楚，倦聽隴水潺湲。
正蟬吟敗葉，蛩響衰草，相應喧喧。
孤館度日如年。
風露漸變，悄悄至更闌。

戚氏—詞牌名，為柳永所創。
一霎—一陣。
庭軒—有敞窗的廳閣。
檻菊蕭疏—闌干邊的菊花枝葉凋蔽。
井梧—院中的梧桐。
宋玉悲感—戰國楚宋玉作《九辯》，以悲秋起興，抒發孤身逆旅之感慨。
迢遞—遙遠貌。
隴水—指隴頭流水。
潺湲—水流。
蛩—蟋蟀。
喧喧—嘈雜。
孤館—孤寂的客舍。
更闌—夜深。闌，盡、晚。

長天淨，絳河清淺，皓月嬋娟。
思綿綿。
夜永對景，那堪屈指，暗想從前。
未名未祿，綺陌紅樓，往往經歲遷延。

帝里風光好，當年少日，暮宴朝歡。
況有狂朋怪侶，遇當歌對酒競留連。
別來迅景如梭，
舊遊似夢，煙水程何限？
念利名憔悴長縈絆。

長天—遼闊的天空。
絳河清淺—指銀河清淺明亮。
嬋娟—美好的樣子。
夜永—夜長。
那堪—不堪。
綺陌紅樓—指花街青樓。綺陌，繁華的道路。
經歲—經年。
遷延—羈留。
帝里—京城。
當年少日—青春年少之時。
狂朋怪侶—狂放狷傲的朋友。
迅景如梭—光陰易逝。
「煙水」句—水道里程茫茫無限。

追往事、空慘愁顏。
漏箭移、稍覺輕寒，
漸嗚咽、畫角數聲殘。
對閒窗畔，停燈向曉，抱影無眠。

漏箭—古代的計時工具，上有刻度，隨水浮沉以計時。
畫角—古代軍中使用的管樂器，以竹木或皮革製成，聲調哀厲高亢，多用於晨昏報時或警示，因表面有彩繪，故稱畫角。
停燈向曉—吹熄燈火，表示天快亮了。
抱影無眠—守著自己的孤影，一夜無眠。

夜半樂

柳永

凍雲黯淡天氣，扁舟一葉，乘興離江渚。渡萬壑千巖，越溪深處。怒濤漸息，樵風乍起，更聞商旅相呼，片帆高舉。泛畫鷁、翩翩過南浦。

望中酒旆閃閃，一簇煙村，數行霜樹。殘日下、漁人鳴榔歸去。

凍雲－凝結的雲層彷彿結凍似的，指天氣寒冷。

扁舟－小船。

江渚－江邊。

萬壑千巖－指山川秀美。

越溪－即若耶溪，相傳是西施浣紗處。

樵風－順風。相傳後漢鄭弘拾得神人遺箭，還箭時求在若耶溪中載薪時，早晨吹南風、晚上吹北風，果然如願，後因稱順風為樵風。

畫鷁－此指彩船。古代畫鷁鳥於船頭，謂可避風暴。

酒旆閃閃－酒旗飄揚閃動。

一簇煙村－村莊住房緊密相連，籠罩著炊煙，遠望如簇。

敗荷零落，衰楊掩映。
岸邊兩兩三三，浣紗遊女，
避行客、含羞笑相語。

到此因念，繡閣輕拋，浪萍難駐。
嘆後約、丁寧竟何據？
慘離懷、空恨歲晚歸期阻。
凝淚眼、杳杳神京路，
斷鴻聲遠長天暮。

鳴榔－漁夫以木棒敲擊船舷驚魚入網。
浣紗遊女－指年輕女子。
因念－於是想起。
繡閣輕拋－輕率地拋棄意中人。繡閣，女子的居室。
浪萍－像水面漂動的浮萍，無法停駐。
「嘆後約」句－感嘆對愛人承諾的歸期無法實現。丁寧，囑咐。
神京－指宋都城汴京。
斷鴻－離群的孤雁。

少年遊

柳永

長安古道馬遲遲，高柳亂蟬嘶。
夕陽島外，秋風原上，目斷四天垂。
歸雲一去無蹤跡，何處是前期？
狎興生疏，酒徒蕭索，不似去年時。

長安古道—長安為歷史上著名古都，詩人常借指首都所在。長安道上來往的車馬，意謂對名利祿位的爭逐。

遲遲—行走緩慢的樣子。

嘶—鳴叫。

「目斷」句—極目遠眺，蒼茫的天幕四面垂向大地。

前期—以前的期約。

狎興生疏—冶遊的興致淡了。

酒徒蕭索—一起喝酒的朋友零落四散。

玉蝴蝶

柳永

望處雨收雲斷，
憑闌悄悄，目送秋光。
晚景蕭疏，堪動宋玉悲涼。
水風輕、蘋花漸老，
月露冷、梧葉飄黃。
遣情傷。
故人何在，煙水茫茫。
難忘。

望處—眼睛所看到之處。

悄悄—憂愁貌。

蕭疏—蕭瑟淒涼。

宋玉悲涼—指悲秋情懷。

水風—水面上的風。

蘋花—水生植物，夏秋開小白花。

遣情傷—令心情感傷。

文期酒會—與文友聚飲，談

文期酒會，幾孤風月，屢變星霜。
海闊山遙，未知何處是瀟湘？
念雙燕、難憑遠信，
指暮天、空識歸航。
黯相望。
斷鴻聲裡，立盡斜陽。

論詩文。

幾孤風月—錯過好幾次月白風清的良辰美景。孤，辜負。

屢變星霜—一年一年的過去了。此處以歲星和寒霜代表歲月流逝。

瀟湘—湘江的別稱，指故人所居之地。

難憑遠信—難以把信送到遠處。

「指暮天」二句—化用南朝齊謝朓《之宣城郡出新林浦向板橋》：「天際識歸舟，雲中辨江樹。」以及唐溫庭筠《夢江南》詞「過盡千帆皆不是，斜暉脈脈水悠悠，腸斷白蘋洲。」歸航，歸舟。

斷鴻—離群的孤雁。

木蘭花慢

柳永

拆桐花爛漫，乍疏雨、洗清明。
正豔杏燒林，緗桃繡野，芳景如屏。
傾城。
盡尋勝去，驟雕鞍紺幰出郊坰。
風暖繁弦脆管，萬家競奏新聲。
盈盈，鬥草踏青。
人豔冶、遞逢迎。
向路傍往往，遺簪墮珥，珠翠縱橫。

拆—綻放。
爛漫—光彩燦爛的樣子。
緗桃—即緗核桃，結淺紅色果實的桃樹，亦可指此樹的花或果實。
傾城—全城。
尋勝—尋幽訪勝。
「驟雕鞍」句—策車馬疾馳到郊野。雕鞍，雕飾華麗的馬鞍，此代指馬。紺幰，青紅色的車幔，此代指車。郊坰，遠處的郊野。
繁弦脆管—管弦樂器的聲音清越繁複。
盈盈—儀態美好，此指佳人。
鬥草—婦女的一種遊戲，採花草相比，以奇異者為勝。

歡情，
對佳麗地，信金罍罄竭玉山傾。
拚卻明朝永日，畫堂一枕春酲。

人豔冶、遞逢迎－接連遇到穿著華麗的女子。
珥－耳環。
佳麗地－風景秀麗的地方。
「信金罍」句－任酒盡人醉。金罍，飾金的大型酒器。罄，竭。
玉山傾，指醉倒。南朝宋劉義慶《世說新語》：「稽叔夜之為人也，巖巖若孤松之獨立；其醉也，巍峨若玉山之將崩。」
永日－長日。
酲－大醉。

滿江紅

柳永

暮雨初收，
長川靜、征帆夜落。
臨島嶼、蓼煙疏淡，葦風蕭索。
幾許漁人飛短艇，盡載燈火歸村落。
遣行客、當此念回程，傷漂泊。
桐江好，煙漠漠。
波似染，山如削。
繞嚴陵灘畔，鷺飛魚躍。

暮雨初收—傍晚雨一停，夜幕就降臨了。

長川—即桐江，今浙江中部，是錢塘江自建德縣梅城至桐廬一段的別稱。

征帆夜落—江中往來的船隻落帆下錨。

蓼煙疏淡—水蓼疏淡如煙。

葦風—吹動蘆葦的風。

短艇—小舟。

遣行客—使那些出外遠行的異鄉客。

漠漠—廣大遼闊的樣子。

嚴陵灘—在浙江桐廬縣南。

游宦區區成底事，平生況有雲泉約。
歸去來、一曲仲宣吟，從軍樂。

東漢嚴子陵避光武帝徵召出仕，退隱於富春山。
「游宦」句－離鄉到外地做一個小官，算不上什麼了不起的事。區區，微小。
底事－何事。
雲泉約－退隱山林的心願。
歸去來－辭官歸隱。
仲宣吟－三國魏王粲，字仲宣，曾作《從軍行》五首，寫軍士思鄉的心情。

八聲甘州

柳永

對瀟瀟暮雨灑江天，一番洗清秋。
漸霜風淒緊，關河冷落，殘照當樓。
是處紅衰翠減，苒苒物華休。
惟有長江水，無語東流。

不忍登高臨遠，
望故鄉渺邈，歸思難收。
嘆年來蹤跡，何事苦淹留？
想佳人，妝樓顒望，

八聲甘州—詞牌名，原為唐邊塞曲。
瀟瀟—風雨聲。
霜風—指秋風。
淒緊—形容秋風寒冷蕭瑟。
關河—關山河流。
殘照—夕陽。
「是處」句—到處都是殘花敗葉。
苒苒—漸漸。
物華—景物風光。
渺邈—渺茫遙遠。
歸思—想回鄉的心情。
年來—近年來。
淹留—久留。
顒望—抬頭凝望。

誤幾回、天際識歸舟。

爭知我，倚闌干處，正恁凝愁。

爭知—怎知。

恁—如此。

傾杯

柳永

鶩落霜洲，雁橫煙渚，
分明畫出秋色。
暮雨乍歇，小楫夜泊，宿葦村山驛。
何人月下臨風處，起一聲羌笛。
離愁萬緒，聞岸草、切切蛩吟如織。
為憶芳容別後，
水遙山遠，何計憑鱗翼。
想繡閣深沉，

鶩—野鴨。

雁橫煙渚—成行大雁飛過霧氣籠罩的水邊。

楫—船槳，此處代指船。

葦村—蘆葦遮掩的小村落。

羌笛—羌管。

切切—細小的聲音。

蛩吟如織—蟋蟀鳴叫的聲音如織布般密集。

芳容—美麗的容貌。

鱗翼—魚和雁，此代指書信。

爭知憔悴損、天涯行客。

楚峽雲歸，高陽人散，寂寞狂蹤跡。

望京國。

空目斷，遠峰凝碧。

爭知—怎知。

楚峽雲歸—用宋玉《高唐賦》楚王遇巫山神女典故，指離別。

高陽人散—用《史記》酈生自稱高陽酒徒事，指朋友分散。

狂蹤跡—到處飄泊。

京國—京城。

目斷—極力遠眺。

凝碧—形容顏色深綠。

鶴沖天

柳永

黃金榜上，偶失龍頭望。明代暫遺賢，如何向？未遂風雲便，爭不恣狂蕩？何須論得喪。才子詞人，自是白衣卿相。

煙花巷陌，依約丹青屏障。幸有意中人，堪尋訪。且恁偎紅倚翠，風流事，平生暢。

鶴沖天—詞牌名，即喜遷鶯。

黃金榜—指錄取進士的金榜。

龍頭—狀元。

明代—政治清明的時代。

遺賢—指自己為仕途所棄。

如何向—怎麼辦。

風雲—指得到好的際遇。

爭不—怎不。

恣—隨心所欲。

得喪—得失。

白衣卿相—沒有官職的多才賢士。

煙花巷陌—妓女住的地方。

依約—彷彿。

丹青屏障—彩繪的屏風。

恁—如此。

青春都一餉。
忍把浮名，換了淺斟低唱。

偎紅倚翠—指狎妓。
一餉—片刻。
浮名—指功名。
淺斟低唱—慢慢飲酒，低聲唱歌。

桂枝香

王安石

登臨送目，正故國晚秋，天氣初肅。
千里澄江似練，翠峰如簇。
歸帆去棹殘陽裡，背西風，酒旗斜矗。
綵舟雲淡，星河鷺起，畫圖難足。
念往昔、繁華競逐，
嘆門外樓頭，悲恨相續。
千古憑高對此，漫嗟榮辱。

桂枝香—又名「疏簾淡月」，首見於王安石所做。

送目—極目遠眺四望。

故國—指金陵（今江蘇南京），為六朝舊都。

肅—秋季草木枯落，一片肅殺之氣。

練—白色熟絹。

簇—叢聚的樣子。

歸帆去棹—來往的船隻。

斜矗—隨風飄揚的樣子。

綵舟雲淡—淡淡的雲霞襯映著河中的畫舫。

星河鷺起—一說長江邊洲渚有白鷺飛起，一說秦淮河燈火燦爛如繁星，從高空俯瞰如白鷺雪羽翻飛。

門外樓頭—典出杜牧《臺城曲》：「門外韓擒虎，樓頭張

六朝舊事如流水，但寒煙芳草凝綠。
至今商女，時時猶唱，後庭遺曲。

麗華。」隋將韓擒虎兵臨金陵朱雀門外，陳後主還在結綺閣與寵妃張麗華尋歡作樂。
悲恨相續—指亡國悲劇接連發生。
漫嗟—空嘆。
六朝—指東吳、東晉、宋、齊、梁、陳六個建都金陵的王朝。
商女—歌女。
後庭遺曲—指陳後主所作《玉樹後庭花》，後人多稱此為亡國之音。

漁家傲

王安石

平岸小橋千嶂抱，柔藍一水縈花草。
茅屋數間窗窈窕。
塵不到，時時自有春風掃。

午枕覺來聞語鳥，攲眠似聽朝雞早。
忽憶故人今總老。
貪夢好，茫然忘了邯鄲道。

嶂—山巒起伏有如屏障。
柔藍—柔和的藍色，多形容水。
縈—纏繞。
窈窕—幽深的樣子。
攲—歪斜。
故人—舊友。
邯鄲道—指唐沈既濟《枕中記》所寫，盧生在邯鄲客店做黃粱夢一事。

清平樂◎春晚

王安國

留春不住，費盡鶯兒語。滿地殘紅宮錦汙，昨夜南園風雨。

小憐初上琵琶，曉來思遶天涯。不肯畫堂朱戶，春風自在楊花。

「滿地」句—落花遍地有如被汙損的宮中錦緞。

小憐—北齊馮淑妃，善琵琶，為後主高緯寵幸，後人用以借指歌女。

畫堂朱戶—指達官貴人的宅第。

臨江仙

晏幾道

夢後樓臺高鎖，酒醒簾幕低垂。
去年春恨卻來時。
落花人獨立，微雨燕雙飛。

記得小蘋初見，兩重心字羅衣。
琵琶弦上說相思。
當時明月在，曾照彩雲歸。

春恨—春愁，春怨。
卻來—又來。
「落花」二句—語出五代翁宏《春殘》詩：「又是春殘也，如何出翠幃。落花人獨立，微雨燕雙飛。」
小蘋—歌女名，《小山詞》中經常提及。
心字羅衣—羅衣上有如篆字「心」字的圖案。
彩雲—古代常用以指美麗而薄命的女子，此指小蘋。

蝶戀花

晏幾道

醉別西樓醒不記，
春夢秋雲，聚散真容易。
斜月半窗還少睡，畫屏閒展吳山翠。

衣上酒痕詩裡字，
點點行行，總是淒涼意。
紅燭自憐無好計，夜寒空替人垂淚。

西樓—泛指歡宴場所。

春夢秋雲—人生聚散匆匆，如春夢短暫，秋雲易散。

吳山—古時錢塘江北岸屬吳國，南岸屬越國，故有吳山越山之稱。此指畫屏上的江南山水。

「紅燭」二句—化用唐杜牧《贈別》：「多情卻似總無情，唯覺樽前笑不成。蠟燭有心還惜別，替人垂淚到天明」詩意。

鷓鴣天【三首·其一】

晏幾道

彩袖殷勤捧玉鍾，當年拚卻醉顏紅。
舞低楊柳樓心月，歌盡桃花扇底風。
從別後，憶相逢，幾回魂夢與君同。
今宵剩把銀釭照，猶恐相逢是夢中。

鷓鴣天—詞牌名，又名「思佳客」。

彩袖—指穿彩衣的歌女。

「舞低」二句—描寫徹夜歌舞狂歡。扇底，古代歌妓演唱時將曲名書於歌扇，由聽衆點唱。桃花扇，歌舞時用的繪有桃花的扇子。

「今宵」二句—化用唐杜甫《羌村三首》：「夜闌更秉燭，相對如夢寐。」剩通「盡」，只管。銀釭，銀質的燈架。

【三首·其二】

醉拍春衫惜舊香，天將離恨惱疏狂。

年年陌上生秋草，日日樓中到夕陽。

雲渺渺，水茫茫。征人歸路許多長。

相思本是無憑語，莫向花箋費淚行。

惜舊香—指衣衫上的餘香令人低迴。

疏狂—狂放不羈。

征人—行人，指自己。

無憑語—沒有根據的話。

花箋—信紙。

淚行—一行行的淚水。

【三首・其三】

小令尊前見玉簫，銀燈一曲太妖嬈。
歌中醉倒誰能恨，唱罷歸來酒未消。
春悄悄，夜迢迢。碧雲天共楚宮遙。
夢魂慣得無拘檢，又踏楊花過謝橋。

小令—唐人在筵席上填詞賦歌，令詞多在五十字以下。

尊前—指酒筵。

玉簫—指在筵席上侑酒的歌女，典出唐范攄《雲溪友議》，韋皋與姜輔家侍婢玉簫有情，韋皋一別七年，玉簫遂絕食死，後再世，為韋侍妾。

妖嬈—美豔嫵媚。

楚宮—玉簫的居所，用巫山神女的典故。

拘檢—拘束。

謝橋—謝娘家的橋。唐代有名歌妓謝秋娘，此以謝橋指女子所居之地。

生查子

晏幾道

關山魂夢長，魚雁音塵少。
兩鬢可憐青，只為相思老。
歸夢碧紗窗，說與人人道。
真個別離難，不似相逢好。

關山—泛指關隘與山川。
魚雁—指書信。
音塵—信息，消息。
歸夢—歸鄉之夢。
人人—對親近的人的暱稱。
真個—真的。

阮郎歸

晏幾道

天邊金掌露成霜，雲隨雁字長。
綠杯紅袖趁重陽，人情似故鄉。
蘭佩紫，菊簪黃，殷勤理舊狂。
欲將沉醉換悲涼，清歌莫斷腸。

「天邊」句－銅像仙人的手掌伸向天際，掌心的露水已凝結成霜。漢武帝造神明臺，上有銅鑄仙人像，手捧銅盤玉杯承接露水，武帝將露水混和玉屑服用，以求長生得道。

雁字－雁群飛行時排成一或人字。

綠杯－代指美酒。

紅袖－此指歌女。

人情－指風土人情。

蘭佩紫－佩上紫色蘭草。

菊簪黃－將黃菊插在頭上。

「殷勤」句－盡情展現舊日狂態豪情。

木蘭花

晏幾道

鞦韆院落重簾幕，彩筆閒來題繡戶。
牆頭丹杏雨餘花，門外綠楊風後絮。
朝雲信斷知何處？應作襄王春夢去。
紫騮認得舊遊蹤，嘶過畫橋東畔路。

彩筆—即五色筆，指靈敏才思。相傳南朝梁江淹，少年時很有文采，後來夢見郭璞向他索還彩筆，從此作詩再無佳作。

題繡戶—當窗題詩。

朝雲—指歌女。

襄王春夢—用楚襄王夢遇巫山神女的典故。

紫騮—古代駿馬名。

六么令

晏幾道

綠陰春盡，飛絮繞香閣。
晚來翠眉宮樣，巧把遠山學。
一寸狂心未說，已向橫波覺。
畫簾遮匝，新翻曲妙，
暗許閒人帶偷掐。
前度書多隱語，意淺愁難答。
昨夜詩有回文，韻險還慵押。
都待笙歌散了，記取留時霎。

香閣—香閨。

「晚來」句—晚妝畫著的黛眉，是宮裡流行的樣式。翠眉，用黛螺畫的眉。

遠山—眉色如遠山青黛。

橫波—形容眼神流動。

遮匝—遮著周圍。

新翻曲—新譜寫的曲子。

偷掐—指暗記。掐，掐譜，用指甲劃出痕跡以記譜。

前度—上次。

隱語—暗示的話。

回文—詩體的一種，正讀倒讀皆可成文，有的詩可以反覆回旋，一首詩讀成多首。

韻險—用艱僻字押韻。

不消紅蠟，閒雲歸後，
月在庭花舊闌角。

慵押—懶得和詩。
霎—一刻。
不消—不須。
紅蠟—紅燭。

御街行

晏幾道

街南綠樹春饒絮，雪滿游春路。
樹頭花艷雜嬌雲，樹底人家朱戶。
北樓閒上，疏簾高捲，直見街南樹。
闌干倚盡猶慵去，幾度黃昏雨。
晚春盤馬踏青苔，曾傍綠陰深駐。
落花猶在，香屏空掩，人面知何處？

饒—充滿，多。
雪—形容白色的柳絮。
疏簾—稀疏的竹織窗簾。
慵去—懶得離去。
盤馬—騎著馬馳騁。
人面知何處—人不知到哪兒去了。

思遠人

晏幾道

紅葉黃花秋意晚，千里念行客。飛雲過盡，歸鴻無信，何處寄書得。

淚彈不盡當窗滴，就硯旋研墨。漸寫到別來，此情深處，紅箋為無色。

思遠人—詞牌名，晏幾道創調。

黃花—菊花。

信—指音信。

「何處」句—欲寄書信也無從可寄。

「淚彈」二句—指淚流不止，滴進硯中，索性以淚研墨。

旋—立即。

別來—別後。

紅箋—女子寫情書的信紙。

水調歌頭

◎丙辰中秋，歡飲達旦，大醉，作此篇，兼懷子由。

蘇軾

明月幾時有？把酒問青天。
不知天上宮闕，今夕是何年？
我欲乘風歸去，又恐瓊樓玉宇，
高處不勝寒。
起舞弄清影，何似在人間？
轉朱閣，低綺戶，照無眠。
不應有恨，何事長向別時圓？

子由—蘇軾之弟蘇轍，字子由。蘇軾在密州任知州期間，蘇轍在齊州任職，兄弟已七年不見。

幾時—何時。

把酒—端著酒杯。

宮闕—宮殿。闕，宮門前的望樓。

乘風歸去—乘著風回到天上去。取莊子《逍遙遊》：「列子御風而行，泠然善也」意。

瓊樓玉宇—指月宮中美麗的亭臺樓閣。

不勝寒—寒冷難耐。

起舞弄清影—仙女在月宮中翩翩起舞。

「轉朱閣」三句—指夜已深沉，月光轉過朱紅的樓閣，低低穿過鏤花的門窗，照著

人有悲歡離合，月有陰晴圓缺，
此事古難全。
但願人長久，千里共嬋娟。

屋裡睡不著的人。

「不應有恨」二句—指月兒無恨，為何總是在人們離別之際而圓。

嬋娟—美好的樣子，此處指月亮。

江城子◎湖上與張先同賦

蘇軾

鳳凰山下雨初晴，水風清，晚霞明。一朵芙蕖，開過尚盈盈。何處飛來雙白鷺，如有意，慕娉婷。

忽聞江上弄哀箏，苦含情，遣誰聽？煙斂雲收，依約是湘靈。欲待曲終尋問取，人不見，數峰青。

湖－杭州西湖。

張先－北宋著名詞家，較蘇軾年長四十多歲。

鳳凰山－在杭州城南，臨錢塘江。

芙蕖－荷花。

盈盈－美好的樣子。

娉婷－姿態美好。

湘靈－湘水之神，相傳是舜妃。

問取－探問。

「人不見」二句－用唐錢起《省試湘靈鼓瑟》：「曲終人不見，江上數峰青」句意。

江城子◎乙卯正月二十日夜記夢

蘇軾

十年生死兩茫茫，不思量，自難忘。
千里孤墳，無處話淒涼。
縱使相逢應不識，塵滿面，鬢如霜。
夜來幽夢忽還鄉，小軒窗，正梳妝。
相顧無言，惟有淚千行。
料得年年腸斷處，明月夜，短松岡。

乙卯—宋神宗熙寧八年，蘇軾在密州（今山東諸城）。

十年—蘇軾第一位妻子王弗病逝已十年。

千里孤墳—王弗葬於四川眉州，距蘇軾所在的眉州有數千里。

幽夢—夢境隱約。

小軒窗—小居室的窗前。

顧—看。

短松岡—長著小松樹的墳山。

江城子◎密州出獵

蘇軾

老夫聊發少年狂。
左牽黃，右擎蒼。
錦帽貂裘，千騎捲平岡。
為報傾城隨太守，
親射虎，看孫郎。
酒酣胸膽尚開張。
鬢微霜，又何妨！

老夫—蘇軾自指。
聊—暫且。
左牽黃，右擎蒼—左手牽著黃狗，右手擎著蒼鷹。
千騎—形容隨從之多。
捲平岡—從平坦的山岡席捲而過。
傾城—全城的人。
太守—蘇軾自指，時任密州知州。
孫郎—指孫權，年輕時曾騎馬射虎。
「酒酣」句—盡興暢飲，胸懷開闊而膽氣橫生。尚，更。

持節雲中，何日遣馮唐？
會挽雕弓如滿月，
西北望，射天狼。

「持節」二句—典出《史記·馮唐列傳》。漢文帝時，魏尚為雲中太守，因迎擊匈奴所報軍功與實際數字不合被削職。經馮唐代為辯白，文帝便派馮唐帶著符節去赦免魏尚的罪。蘇軾此時調任密州太守，故以魏尚自居，希望能得到朝廷信任。節，兵符，古代使節用以取信的憑證。

會—定將。

雕弓—弓背上有雕花的弓。

天狼—星宿名，舊說主侵略。此喻侵犯北宋邊境的遼國與西夏。

念奴嬌◎赤壁懷古

蘇軾

大江東去，浪淘盡、千古風流人物。
故壘西邊，人道是、三國周郎赤壁。
亂石崩雲，驚濤裂岸，捲起千堆雪。
江山如畫，一時多少豪傑。

遙想公瑾當年，
小喬初嫁了，雄姿英發。
羽扇綸巾，談笑間、強虜灰飛煙滅。
故國神遊，多情應笑我，早生華髮。

赤壁—蘇軾所遊赤壁是黃州之赤鼻磯，非一般認為周瑜大敗曹軍的赤壁（在湖北嘉魚附近）。

大江—指長江。

故壘—舊時營壘。

周郎—周瑜，字公瑾，赤壁之戰的吳軍主將，吳中皆稱周郎。

當年—當時，或說是盛壯之年。

小喬—吳國喬公的小女兒，周瑜之妻。

雄姿英發—形容才華洋溢，談吐不凡。

人間如夢，一尊還酹江月。

羽扇綸巾—手揮鳥羽所製之扇，戴著青絲頭巾，儒將、名士的裝扮。

「強虜」句—指曹操水軍被周瑜大火焚毀。

強虜—作檣櫓，指掛帆的桅杆和船槳，代指曹軍。

故國—指古戰場遺跡。

華髮—花白的頭髮。

酹—以酒灑地表示祭奠。

望江南◎超然臺作

蘇軾

春未老，風細柳斜斜。
試上超然臺上看，半壕春水一城花，
煙雨暗千家。
寒食後，酒醒卻咨嗟。
休對故人思故國，且將新火試新茶，
詩酒趁年華。

超然臺－在山東諸城市內，蘇軾任職密州時所建。當時諸城西北牆上有廢臺，蘇軾增葺之而成。

壕－護城河。

寒食－指寒食節。

咨嗟－嘆息聲。

故國－此指故鄉。

新火－清明前二天起，禁火三日，節後另取柳榆之火稱新火。

新茶－寒食節前採摘製成的雨前茶。

年華－時光、歲月。

永遇樂◎彭城夜宿燕子樓，夢盼盼，因作此詞。

蘇軾

明月如霜，好風如水，清景無限。
曲港跳魚，圓荷瀉露，寂寞無人見。
紞如三鼓，鏗然一葉，黯黯夢雲驚斷。
夜茫茫，重尋無處，覺來小園行遍。
天涯倦客，山中歸路，望斷故園心眼。
燕子樓空，佳人何在？空鎖樓中燕。
古今如夢，何曾夢覺，但有舊歡新怨。
異時對、黃樓夜景，為余浩嘆。

彭城—今江蘇徐州。

燕子樓—唐代徐州刺史張建封（一說是其子張愔），為愛妾關盼盼所建之樓，張死後，關盼盼念舊不嫁，獨居此樓十餘年。

紞如三鼓—三更鼓響。紞，擊鼓聲。

鏗然—金石清越的聲響，此處形容落葉的聲音。

夢雲—夜夢神女朝雲，此指夢見盼盼。

驚斷—驚醒。

覺來—醒來。

故園—故鄉。

黃樓—蘇軾曾率民眾抵禦黃河決堤洪水，於城東門修築黃樓鎮壓水患，是徐州五大名樓之一。

定風波

三月七日，沙湖道中遇雨，雨具先去，同行皆狼狽，余獨不覺，已而遂晴，故作此。

蘇軾

莫聽穿林打葉聲，何妨吟嘯且徐行。
竹杖芒鞋輕勝馬，誰怕？
一蓑煙雨任平生。
料峭春風吹酒醒，
微冷，山頭斜照卻相迎。
回首向來蕭瑟處，
歸去，也無風雨也無晴。

沙湖—在黃州（今湖北黃岡）東南，蘇軾買田其間。
已而—過了一會兒。
吟嘯—放聲吟詠。
芒鞋—芒草編製的鞋。
蓑—蓑衣、草衣。
料峭—形容春寒。
斜照—偏西的陽光。
向來—剛才。

定風波

蘇軾

王定國歌兒曰柔奴，姓宇文氏，眉目娟麗，善應對，家世住京師。定國南遷歸，余問柔：「廣南風土，應是不好？」柔對曰：「此心安處，便是吾鄉。」因為綴詞云：

常羨人間琢玉郎，天應乞與點酥娘。
自作清歌傳皓齒，
風起，雲飛炎海變清涼。

萬里歸來年愈少，
微笑，笑時猶帶嶺梅香。
試問嶺南應不好，
卻道，此心安處是吾鄉。

王定國—王鞏，字定國，因蘇軾烏臺詩案遭貶，五年後放歸。

歌兒—歌妓。

綴詞—作詞。

琢玉郎—用以形容王鞏。

點酥娘—形容肌膚如凝酥之滑膩，指柔奴。

清歌傳皓齒—美妙的歌聲從唇齒間傳出。

「雲飛」句—指柔奴的歌聲能使人心境平和。炎海，比喻酷熱。

試問—試探性的問。

浣溪沙

◎遊蘄水清泉寺，寺臨蘭溪，溪水西流。

蘇軾

山下蘭芽短浸溪，松間沙路淨無泥，
蕭蕭暮雨子規啼。
誰道人生無再少？門前流水尚能西，
休將白髮唱黃雞。

蘄水－縣名，今湖北省浠水縣，距黃州不遠。

清泉寺－在蘄水城外不遠。

蘭溪－水出自箬竹山，其側多蘭。

蘭芽－蘭草新發的嫩芽。

蕭蕭－雨聲。

子規－即杜鵑鳥。

無再少－指人無再少年。

「休將」句－唐白居易《醉歌示伎人商玲瓏》：「黃雞催曉丑時鳴，白日催年西前沒。腰間紅綬繫未穩，鏡裡朱顏看已失。」感嘆時光易逝。蘇軾反用其意，指不須因年老而感傷。

浣溪沙

蘇軾

簌簌衣巾落棗花，村南村北響繅車，
牛衣古柳賣黃瓜。
酒困路長惟欲睡，日高人渴漫思茶，
敲門試問野人家。

簌簌—紛紛落下貌。

繅車—抽絲出繭的工具，有輪子旋轉以收絲。

牛衣—冬季牛馬禦寒之物，用草或亂麻製成。

漫思茶—不由得想喝茶。

野人家—指農家。

洞仙歌

蘇軾

余七歲時，見眉山老尼，姓朱，忘其名，年九十歲。自言嘗隨其師入蜀主孟昶宮中。一日，大熱，蜀主與花蕊夫人夜納涼摩訶池上，作一詞，朱具能記之。今四十年，朱已死久矣！人無知此詞者，但記其首兩句。暇日尋味，豈洞仙歌令乎？乃為足之云。

冰肌玉骨，自清涼無汗。
水殿風來暗香滿。
繡簾開，一點明月窺人，
人未寢，攲枕釵橫鬢亂。
起來攜素手，
庭戶無聲，時見疏星渡河漢。

蜀主孟昶—五代十國後蜀國君，喜好音樂詞曲。即位初勵精圖治，國勢強盛，後期貪圖逸樂，朝政腐敗，亡國降宋。

花蕊夫人—孟昶貴妃的別號。

摩訶池—在今成都市郊。

冰肌玉骨—形容女子肌膚瑩潤光潔。此處形容花蕊夫人膚光勝雪，美豔絕倫。

水殿—指摩訶池上的宮殿。

素手—女子潔白的手。

疏星—稀疏的星辰。

試問夜如何？
夜已三更，金波淡，玉繩低轉。
但屈指西風幾時來，
又不道流年暗中偷換。

河漢—銀河。
夜如何—夜有多深。
金波—浮動的月光。
玉繩低轉—比喻夜深。玉繩，星宿名。
屈指—彎著指頭計數。
西風—秋風。
流年—似水年華。

臨江仙◎夜歸臨皋

蘇軾

夜飲東坡醒復醉，歸來彷彿三更。
家童鼻息已雷鳴。
敲門都不應，倚杖聽江聲。
長恨此身非我有，何時忘卻營營。
夜闌風靜縠紋平。
小舟從此逝，江海寄餘生。

臨皋—蘇軾在黃州的住處，臨長江邊。

東坡—在黃州東門外，原是荒地，蘇軾予以墾植，取名東坡，並自稱東坡居士。

彷彿—似乎。

童—僮僕。

此身非我有—語出《莊子·知北遊》，指身不由己。

營營—為功名利祿奔走。

夜闌—夜靜。

縠紋—水波的細紋。

卜算子◎黃州定慧院寓居作

蘇軾

缺月掛疏桐，漏斷人初靜。
誰見幽人獨往來，縹緲孤鴻影。
驚起卻回頭，有恨無人省。
揀盡寒枝不肯棲，寂寞沙洲冷。

定慧院—在黃州東南，蘇軾曾寓居於此。

漏斷—漏壺的水已滴盡，表示夜深。

幽人—幽居之人，此為蘇軾自比。

縹緲—高遠隱約的樣子。

省—了解。

鷓鴣天

蘇軾

林斷山明竹隱牆，亂蟬衰草小池塘。
翻空白鳥時時見，照水紅蕖細細香。
村舍外，古城旁，杖藜徐步轉斜陽。
殷勤昨夜三更雨，又得浮生一日涼。

「林斷」句—樹林疏斷處露出青山，竹林深處有圍牆隱現。
亂蟬—形容蟬聲嘈雜。
衰草—枯萎的野草。
翻空—飛翔在空中。
紅蕖—荷花。
杖藜—拄著藜杖。
徐步—慢慢地走。
殷勤—多謝。
浮生—古人認為世事不定，人生短促，故稱浮生。

青玉案◎和賀方回韻，送伯固還吳中。

蘇軾

三年枕上吳中路，
遣黃犬、隨君去。
若到松江呼小渡。
莫驚鴛鷺，四橋盡是，
老子經行處。
輞川圖上看春暮，
常記高人右丞句。
作個歸期天定許。

賀方回—賀鑄，字方回，北宋著名詞人。

伯固—蘇堅，字伯固，博學能詩，是蘇軾任杭州知州時的部屬。

吳中—指蘇州。

黃犬—用《晉書．陸機傳》典故。陸機有犬名黃耳，他寓居京師洛陽時，將信裝在竹筒內繫在黃耳脖子上，送回松江（屬吳中）家中，再帶信回洛陽。

松江—即吳淞江。

呼小渡—呼小舟擺渡。

四橋—蘇州名橋甘泉橋，又名第四橋。

老子—老人自稱，此蘇軾自指。

輞川圖—輞川在陝西藍田縣

春衫猶是，小蠻針線，
曾濕西湖雨。

南，唐詩人王維有別業於此，並曾於藍田清涼寺壁上繪輞川圖四幅，表示隱逸之情志。

高人—高潔之士。唐杜甫《解悶十二首》之八：「不見高人王右丞，藍田丘壑蔓寒藤。」此處將蘇堅比作王維。

小蠻—唐白居易有小妾樊素善歌，歌妓小蠻善舞，有詩云：「櫻桃樊素口，楊柳小蠻腰。」此借指蘇軾的愛妾朝雲。

西江月

◎元豐七年十二月二十四日，從泗州劉倩叔遊南山。

蘇軾

世事一場大夢，人生幾度秋涼？夜來風葉已鳴廊，看取眉頭鬢上。

酒賤常愁客少，月明多被雲妨。中秋誰與共孤光？把盞淒然北望。

「世事」句—指蘇軾因烏臺詩案被貶黃州一事，也可指蘇對人世無常的感觸。

風葉—風吹動樹葉的聲響。

鳴廊—在回廊上發出聲響。

眉頭鬢上—指眉間愁思與鬢邊白髮。

酒賤—酒質很差。

妨—遮蔽。

孤光—指獨在天際的月亮。

盞—酒杯。

北望—向北方遙望，思弟之情、憂國之心和身世之感一齊湧上心頭。

西江月

蘇軾

頃在黃州，春夜行蘄水中。過酒家飲，酒醉，乘月至一溪橋上，解鞍，曲肱醉臥少休。及覺已曉，亂山攢擁，流水鏘然，疑非塵世也。書此語橋柱上。

照野瀰瀰淺浪，橫空隱隱層霄。
障泥未解玉驄驕，我欲醉眠芳草。
可惜一溪風月，莫教踏破瓊瑤。
解鞍欹枕綠楊橋，杜宇一聲春曉。

蘄水—水名，流經湖北蘄春縣境，在黃州附近。

瀰瀰—水波翻動的樣子。

層霄—瀰漫的雲氣。

障泥—垂於馬背兩側擋泥的馬具。

玉驄—指良馬。

驕—壯健貌。

可惜—可愛。

瓊瑤—美玉，此處形容水中之月。

解鞍欹枕—下馬臥睡。

杜宇—杜鵑鳥。

蝶戀花

蘇軾

花褪殘紅青杏小。
燕子飛時，綠水人家繞。
枝上柳綿吹又少，天涯何處無芳草。

牆裡鞦韆牆外道。
牆外行人，牆裡佳人笑。
笑漸不聞聲漸悄，多情卻被無情惱。

「花褪」句—殘紅褪盡，青杏初生，形容暮春時節。

燕子飛時—化用晏殊「燕子來時新社，梨花落後清明」詩意。

柳綿—即柳絮。

多情—指行人。

卻被—反被。

無情—指佳人。

卜算子

李之儀

我住長江頭，君住長江尾。
日日思君不見君，共飲長江水。
此水幾時休，此恨何時已。
只願君心似我心，定不負相思意。

「我住」二句—指兩人一住江頭一住江尾。

「此水」二句—指離愁相思如江水悠悠，不知何時能止。已，結束。

謝池春

李之儀

殘寒消盡，疏雨過、清明後。
花徑斂餘紅，風沼縈新皺。
乳燕穿庭戶，飛絮沾襟袖。
正佳時，仍晚晝，
著人滋味，真個濃如酒。
頻移帶眼，空只恁、厭厭瘦。
不見又思量，見了還依舊。
為問頻相見，何似長相守？

「風沼」句—微風吹動一春池水，水面泛起波紋。

著人—讓人感覺。

頻移帶眼—形容日漸消瘦。南朝梁沈約自述身體病弱，有「老病百日數旬，革帶常應移孔」之句。

厭厭—同「懨懨」，精神不振的樣子。

天不老，人未偶，
且將此恨，分付庭前柳。

天不老—反用唐李賀《金銅仙人辭漢歌》：「天若有情天亦老」，表示老天無情。
分付—交託。

減字木蘭花

黃裳

紅旗高舉，飛出深深楊柳渚。
鼓擊春雷，直破煙波遠遠回。
歡聲震地，驚退萬人爭戰氣。
金碧樓西，銜得錦標第一歸。

紅旗—發令的指揮旗。
飛—飛馳。
楊柳渚—水邊長有楊柳的沙洲。
鼓擊春雷—鼓聲像春雷轟鳴。
爭戰氣—爭奪錦標的氣概。
金碧樓西—金碧輝煌的樓頭西邊，指終點。
錦標—高竿上懸掛給競渡優勝者的賞物。

眼兒媚

王雱

楊柳絲絲弄輕柔，煙縷織成愁。
海棠未雨，梨花先雪，一半春休。
而今往事難重省，歸夢遶秦樓。
相思只在，丁香枝上，豆蔻梢頭。

楊柳絲絲—借喻離愁絲縷盤結。

海棠未雨—海棠盛開，還沒凋落。

梨花先雪—梨花飄落如雪。

秦樓—秦穆公為其女弄玉所築之樓。此指女子的住所。

丁香—常綠喬木，春天開紫或白花，可用作香料。

豆蔻—植物名，春日開花，常用以比喻女子青春少艾。

鷓鴣天

◎座中有眉山隱客史應之和前韻，即席答之。

黃庭堅

黃菊枝頭生曉寒，人生莫放酒杯乾。
風前橫笛斜吹雨，醉裡簪花倒著冠。
身健在，且加餐。
舞裙歌板盡清歡。
黃花白髮相牽挽，付與時人冷眼看。

史應之—眉山隱士史應之，以授館為業，黃庭堅修《神宗實錄》被誣貶戎州，與之往來。

簪花—戴花。

倒著冠—倒戴冠帽，形容醉後狂態。

加餐—多吃些飯。

黃花白髮—老人頭上插著黃菊花，此詞人自喻如菊花傲霜而開，老而彌堅。

水調歌頭◎游覽

黃庭堅

瑤草一何碧，春入武陵溪。
溪上桃花無數，花上有黃鸝。
我欲穿花尋路，
直入白雲深處，浩氣展虹霓。
只恐花深裡，紅露濕人衣。

坐玉石，敧玉枕，拂金徽。
謫仙何處，無人伴我白螺杯。
我為靈芝仙草，

瑤草—傳說中的仙草。
一何—多麼、何其。
武陵溪—在今湖南常德一帶，此用東晉陶淵明《桃花源記》典故。
虹霓—指彩虹。
金徽—琴上定音的標誌，此處代指琴。
謫仙—被貶謫下凡的仙人，此指李白。
白螺杯—用白色螺殼作成的

不為朱脣丹臉，長嘯亦何為？

醉舞下山去，明月逐人歸。

酒杯。

朱脣丹臉－比喻塗脂抹粉、隨俗媚世的小人。

滿庭芳◎茶

黃庭堅

北苑春風，方圭圓璧，萬里名動京關。碎身粉骨，功合上凌煙。樽俎風流戰勝，降春睡、開拓愁邊。纖纖捧，研膏濺乳，金縷鷓鴣斑。

相如雖病渴，一觴一詠，賓有群賢。為扶起燈前，醉玉頹山。

北苑—今福建建甌，是貢茶主要產地。

春風—蔡襄《北苑焙新茶詩》序云：「北苑茶發早而味尤佳，社（立春後第五個戊日為春社日）前十五日，即採其芽，日數千工，聚而造之，逼社即入貢。」春風二字，即指社前之茶。

方圭圓璧—圭、璧是古代諸侯朝會、祭祀用玉器，方者為圭，圓者為璧。此處指茶餅的形狀。

碎身粉骨—形容磨碎的茶。

合—應該。

凌煙—凌煙閣。唐太宗為表彰當年一同打天下的功臣，所建的樓閣。內懸掛二十四名功臣的畫像，由閻立本繪，唐太宗作贊，褚遂良題閣。後泛指表彰功臣的殿閣。

搜攬胸中萬卷，
還傾動、三峽詞源。
歸來晚，文君未寢，相對小窗前。

「樽俎」三句—意指茶能解酒驅睡、清神醒腦，排憂解愁。樽俎，盛酒食的器具。樽，酒杯。俎，陳設牲禮的禮器。

纖纖—柔美的手指。

研膏濺乳—形容茶香中也有乳香。

金縷鷓鴣斑—極精美珍貴的茶杯，以其紋色代指茶盞。

相如病渴—司馬相如有消渴疾，見《史記》。

「一觴」二句—指司馬相如宴賓，飲酒賦詩。

醉玉頹山—形容喝醉搖晃欲倒。

「搜攬」句—指喝酒行令，炫學逞才。

三峽詞源—學問宏博如三峽之水。

文君—卓文君。此處代指妻子。

定風波

黃庭堅

萬里黔中一漏天，屋居終日似乘船。
及至重陽天也霽，
催醉，鬼門關外蜀江前。

莫笑老翁猶氣岸，
君看，幾人黃菊上華顛？
戲馬臺南追兩謝，
馳射，風流猶拍古人肩。

黔中—黔州（今四川彭水）。

漏天—形容多雨。

鬼門關—即石門關，在四川奉節縣東，兩山夾峙如門。

氣岸—氣概傲岸。

「幾人」句—老翁頭上簪花不合時宜，此寫不服老的氣概。華顛，花白的頭頂。

戲馬臺—在徐州城南，項羽滅秦後自立為西楚霸王，定都彭城（即今徐州），在城南的南山上造臺，以觀戲馬、演武和閱兵。

「戲馬臺」三句—用宋武帝於重陽節在徐州彭城縣戲馬台引賓客賦詩的典故，自喻文才可追兩謝（即謝靈運與謝朓），武功猶能騎驅射逐，如此風流倜儻，直可與古人比肩。

清平樂

黃庭堅

春歸何處？寂寞無行路。

若有人知春去處，喚取歸來同住。

春無蹤跡誰知？除非問取黃鸝。

百囀無人能解，因風飛過薔薇。

行路—指春天的芳蹤。

喚取—喚來。

問取—問。

百囀—形容鳥鳴婉轉動聽。

因風—順著風勢。

南鄉子◎重陽日，宜州城樓宴集，即席作。

黃庭堅

諸將說封侯，
短笛長歌獨倚樓。
萬事盡隨風雨去，
休休，戲馬臺南金絡頭。

催酒莫遲留，
酒味今秋似去秋。
花向老人頭上笑，
羞羞，白髮簪花不解愁。

「諸將」二句—諸將侃侃而談，議論立功封爵，自己卻和著笛聲，獨自倚樓長歌。

休休—算了。

「戲馬臺」句—用宋武帝劉裕在彭城戲馬臺歡宴重陽的盛景，暗指一切繁華都會成為歷史陳跡。金絡頭，華麗的馬籠頭。

「白髮」句—重陽有簪菊習俗。此處指年紀大了還要簪花自娛，卻也不能解愁。

望海潮

秦觀

梅英疏淡，冰澌溶洩，東風暗換年華。金谷俊游，銅駝巷陌，新晴細履平沙。長記誤隨車。正絮翻蝶舞，芳思交加。柳下桃蹊，亂分春色到人家。

梅英疏淡—梅花盛放的時節已過，逐漸稀疏褪色。
冰澌溶洩—冰封的水面已融化流動。澌，流冰。
金谷—指金谷園，晉石崇所建，在洛陽西北。
俊游—遊覽勝地。
銅駝—指銅駝街，西晉都城洛陽皇宮前一條繁華的街道，以宮前立有銅駝而得名。
「長記」句—一直記得那次不小心跟錯他人車子的趣事。韓愈《嘲少年》：「直把春償酒，都將命乞花。只知閒信馬，不覺誤隨車。」
芳思—春思。
桃蹊—桃樹下的小路。
亂—形容春意盎然。

西園夜飲鳴笳，
有華燈礙月，飛蓋妨花。
蘭苑未空，行人漸老，
重來是事堪嗟。
煙暝酒旗斜。
但倚樓極目，時見棲鴉。
無奈歸心，暗隨流水到天涯。

西園—泛指優美的園林。
鳴笳—泛指奏樂。
華燈礙月—花燈亮晃晃的，使明月相映失色。
飛蓋妨花—急駛的車輛擦過路旁的花朵。蓋，車蓋。
蘭苑—園林的美稱。
是事—事事、凡事。
極目—遠眺。

八六子

秦觀

倚危亭。
恨如芳草，萋萋剗盡還生。
念柳外青驄別後，水邊紅袂分時，
愴然暗驚。
無端天與娉婷。
夜月一簾幽夢，春風十里柔情。
怎奈向、歡娛漸隨流水，
素弦聲斷，翠綃香減，

八六子—杜牧始創此調。

危亭—高而險的庭臺。

剗盡—鏟盡。

青驄—駿馬，此代指男子。

紅袂—紅袖，代指佳人。

愴然—悲傷的樣子。

天與娉婷—上天賜給我一位美人。

「春風」句—用杜牧《贈別》詩意，指在揚州的一段情。

怎奈向—奈何。

素弦—琴弦。

翠綃—手帕。

那堪片片飛花弄晚，濛濛殘雨籠晴。
正銷凝，黃鸝又啼數聲。

那堪——不能忍受。
籠晴——遮住陽光。
銷凝——傷神、出神。

滿庭芳【三首・其一】

秦觀

山抹微雲，天連衰草，畫角聲斷譙門。
暫停征棹，聊共引離尊。
多少蓬萊舊事，空回首、煙靄紛紛。
斜陽外，寒鴉萬點，流水繞孤村。

銷魂。當此際，香囊暗解，羅帶輕分。
謾贏得青樓薄倖名存。
此去何時見也？襟袖上、空惹啼痕。
傷情處，高城望斷，燈火已黃昏。

衰草－枯草。

「畫角聲」句－城門樓上吹起報時的號角。

征棹－遠行的船棹。

共引離尊－為餞行同飲。

蓬萊舊事－在蓬萊閣的回憶。

香囊暗解－解下身上佩帶的香囊。

羅帶輕分－打開羅帶繫纏的同心結，表示分手之意。

「謾贏」二句－用杜牧《遣懷》：「十年一覺揚州夢，贏得青樓薄倖名」詩句。謾，徒然。

啼痕－淚痕。

高城望斷－回頭眺望，高城已消失在視線之外。

【三首·其二】

紅蓼花繁，黃蘆葉亂，夜深玉露初零。
霽天空闊，雲淡楚江清。
獨棹孤篷小艇，悠悠過、煙渚沙汀。
金鉤細，絲綸慢捲，牽動一潭星。

時時橫短笛，清風皓月，相與忘形。
任人笑生涯，泛梗飄萍。
飲罷不妨醉臥，塵勞事、有耳誰聽？
江風靜，日高未起，枕上酒微醒。

紅蓼花繁—蓼花紅豔繁茂。
黃蘆葉亂—蘆葉枯黃零亂。
玉露初零—白露開始降下。
霽天—晴朗的天空。
煙渚—薄霧籠罩的沙洲。
皓月—明月。
忘形—不拘形跡。
泛梗飄萍—生活飄泊不定，有如斷梗浮萍一般。
塵勞事—擾亂身心的俗事。

【三首‧其二】

碧水驚秋，黃雲凝暮，敗葉零亂空階。洞房人靜，斜月照徘徊。又是重陽近也，幾處處、砧杵聲催。西窗下，風搖翠竹，疑是故人來。

傷懷。增悵望，新歡易失，往事難猜。問籬邊黃菊，知為誰開？謾道愁須殢酒，酒未醒、愁已先回。憑闌久，金波漸轉，白露點蒼苔。

驚秋－驚覺時光流轉，秋天已至。

洞房－深幽的內室。

砧杵－搗衣石與搗衣棒，意指做寒衣的時節。

「西窗下」三句－化用唐李益詩句「開門風動竹，疑是故人來」意。

難猜－難以想像。

「問籬邊」二句－有惜花之意。

謾道－休說。

殢酒－病酒、困酒。

金波－浮動的月光。

江城子

秦觀

西城楊柳弄春柔，動離憂，淚難收。猶記多情曾為繫歸舟。碧野朱橋當日事，人不見，水空流。

韶華不為少年留。恨悠悠，幾時休？飛絮落花時候一登樓。便做春江都是淚，流不盡，許多愁。

西城楊柳—指汴京順天門外金明池畔的楊柳。「柳」與「留」諧音，古人有折柳送別的習俗，含有殷殷慰留之意。

弄春—在春日弄姿。

多情—指鍾情的人。

韶華—美好的時光。便做就使。

鵲橋仙

秦觀

纖雲弄巧，飛星傳恨，
銀漢迢迢暗度。
金風玉露一相逢，便勝卻人間無數。
柔情似水，佳期如夢，
忍顧鵲橋歸路。
兩情若是久長時，又豈在朝朝暮暮？

纖雲—指七夕的巧雲。
飛星—流星。
傳恨—傳遞牛郎與織女難以相見的離恨。
銀漢—銀河。
迢迢—遙遠的樣子。
金風—秋風。
玉露—晶瑩的露水。
柔情似水—形容牛郎織女的綿綿情意，如天河之水悠悠不斷。
佳期如夢—歡會的短暫，形容那種如夢似幻的心境。
忍顧—怎忍回頭看。
朝朝暮暮—指朝夕相聚。

踏莎行

秦觀

霧失樓臺，月迷津渡，
桃源望斷無尋處。
可堪孤館閉春寒，杜鵑聲裡斜陽暮。
驛寄梅花，魚傳尺素，
砌成此恨無重數。
郴江幸自繞郴山，為誰流下瀟湘去？

霧失樓臺—夜霧遮住了樓臺。

月迷津渡—月色朦朧，找不到渡口。

桃源—秦觀寫此詩時謫居湖南郴州，晉陶淵明《桃花源記》所寫的桃花源武陵，也在湖南境內。

可堪—哪堪。

孤館—孤寂的客館。

驛寄梅花—從驛站寄出江南的梅花，指書信。南朝范曄與陸凱友好，兩人時常有書信往來。陸凱曾於信袋中暗置一枝梅花，有詩云：「折梅逢驛使，寄與隴頭人。江南無所有，聊贈一枝春。」

魚傳尺素—將書信放在魚形木盒中。指家人來信。

無重數—即無數重。

郴江—即郴水，流入湘江。

瀟湘—水名。

千秋歲

秦觀

水邊沙外，城郭春寒退。
花影亂，鶯聲碎。
飄零疏酒盞，離別寬衣帶。
人不見，碧雲暮合空相對。

憶昔西池會，鵷鷺同飛蓋。
攜手處，今誰在？
日邊清夢斷，鏡裡朱顏改。
春去也，飛紅萬點愁如海。

水邊沙外—指城郊。
碎—黃鶯鳴聲細碎。
疏—少。
「離別」句—離別讓人茶飯不思，變得消瘦。
碧雲暮合—黃昏時，彩雲聚合在天際。
西池會—指遊金明池、瓊林苑的聚會。西池指汴京西郊的金明池。
鵷鷺—鵷鳥和白鷺。朝官行列整齊有序，如鵷鷺排列成行飛行，此指昔日同僚師友。
飛蓋—急駛的車輛。
日邊清夢斷—想回到皇帝身邊的夢想已不可能實現。日邊，代指帝京。
朱顏改—容貌變得蒼老。

浣溪沙

秦觀

漠漠輕寒上小樓，曉陰無賴似窮秋。
淡煙流水畫屏幽。
自在飛花輕似夢，無邊絲雨細如愁。
寶簾閒掛小銀鈎。

漠漠—瀰漫無邊的樣子。
曉陰—早晨天陰。
無賴—無聊。
窮秋—九月。
「淡煙」句—屏風上畫著淡淡輕煙、潺潺流水。幽，意境悠遠。
自在—自由自在。
寶簾—綴飾著珠寶的簾子。
閒掛—隨意掛著。

鷓鴣天

秦觀

枝上流鶯和淚聞，新啼痕間舊啼痕。
一春魚雁無消息，千里關山勞夢魂。
無一語，對芳尊。安排腸斷到黃昏。
甫能炙得燈兒了，雨打梨花深閉門。

流鶯—即鶯。流，形容鳴聲婉轉。

啼痕—淚痕。

「一春」句—用魚傳尺素、鴻雁傳書的典故，此指全無音信。

芳尊—盛滿美酒的酒杯。

「安排」句—無心無緒，苦捱到黃昏。腸斷即斷腸。

甫能—剛才。

炙得燈兒了—油燈因燈油燒盡而滅掉。

深閉門—重門深閉。

點絳脣

秦觀

醉漾輕舟，信流引到花深處。塵緣相誤，無計花間住。

煙水茫茫，千里斜陽暮。山無數，亂紅如雨，不記來時路。

漾—水波搖動的樣子。

信流—隨水飄流。

塵緣—佛經中把色、聲、香、味、觸、法稱作「六塵」。以心攀緣六塵，遂被六塵遷累，故名。

無計—沒有辦法。

亂紅—落花。

行香子

秦觀

樹繞村莊，水滿陂塘。倚東風，豪興徜徉。小園幾許，收盡春光。有桃花紅，李花白，菜花黃。

遠遠圍牆，隱隱茅堂。颺青旗，流水橋旁。偶然乘興，步過東岡。正鶯兒啼，燕兒舞，蝶兒忙。

陂塘—水池。

徜徉—閒散自在。

茅堂—茅草屋。

青旗—舊時酒店門口所掛青色酒招。

秋蕊香

張耒

簾幕疏疏風透，一線香飄金獸。
朱欄倚遍黃昏後，廊上月華如晝。
別離滋味濃於酒，著人瘦。
此情不及牆東柳，春色年年如舊。

金獸—金屬製的獸形香爐。

月華—月光。

著人—惹人、使人。

風流子

張耒

木葉亭皋下，重陽近，又是搗衣秋。
奈愁入庾腸，老侵潘鬢，謾簪黃菊，花也應羞。
楚天晚，白蘋煙盡處，紅蓼水邊頭。
芳草有情，夕陽無語，雁橫南浦，人倚西樓。
玉容知安否？
香箋共錦字，兩處悠悠。

「木葉」句—樹葉飄落在水邊平地上。亭皋，水邊平地。

搗衣—古人縫製衣服前，先將布料搥搗變軟。

庾腸—庾信的愁腸，喻思鄉的愁腸。

潘鬢—潘岳的花白頭髮。為中年鬢髮斑白的代詞。

「謾簪」二句—漫不經心地簪菊花，花也應感到羞澀。

南浦—指分別的地方。

錦字—指女子給丈夫的書信。

空恨碧雲離合，青鳥沉浮。
向風前懊惱，芳心一點，寸眉兩葉。
禁甚閒愁。
情到不堪言處，分付東流。

碧雲離合—借用南朝梁江淹詩：「日暮碧雲合，佳人殊未來」，表示對佳人的思念。
青鳥—指信使。
禁—忍受。
分付—交託。

綠頭鴨

晁端禮

晚雲收，紺天一片琉璃。爛銀盤、來從海底，皓色千里澄輝。瑩無塵、素娥澹佇，靜可數、丹桂參差。玉露初零，金風味凜，一年無似此佳時。露坐久，疏螢時度，烏鵲正南飛。瑤臺冷，欄干憑暖，欲下遲遲。

紺－深青帶紅的顏色。
爛銀盤－中秋月圓而亮。
來從海底－形容皓月初升。
素娥澹佇、丹桂參差－寫月中嫦娥佇立，丹桂隱約可見。
露坐久－在露中久坐。
瑤臺－仙人所居之處。
欲下遲遲－遲遲不肯離開。

念佳人、音塵隔後，聽此應解相思。
最關情、漏聲正永，
暗斷腸、花影偷移。
料得來宵，清光未減，
陰晴天氣又爭知。
共凝戀、如今別後，還是隔年期。
人強健，清樽素影，長願相隨。

音塵—音信、消息。
關情—動心、牽動情懷。
漏聲正永—正覺得滴漏計時聲十分漫長。

凝戀—深切思念。

清樽—酒器，借指清酒。
素影—月影。

蝶戀花

趙令畤

捲絮風頭寒欲盡。墜粉飄香，日日紅成陣。新酒又添殘酒困。今春不減前春恨。

蝶去鶯飛無處問。隔水高樓，望斷雙魚信。惱亂橫波秋一寸。斜陽只與黃昏近。

捲絮風—捲起柳絮的風，春風。

墜粉飄香—落花飄散的香氣。

紅成陣—紅花一陣陣飄落。

雙魚—指書信。

橫波—喻眼波流動。此處既是美目，也是水波。

「斜陽」句—化用李商隱《樂遊原》詩：「夕陽無限好，只是近黃昏。」

清平樂

趙令畤

春風依舊，著意隋堤柳。
搓得鵝兒黃欲就，天氣清明時候。
去年紫陌青門，今宵雨魄雲魂。
斷送一生憔悴，只消幾個黃昏。

著意—顯露情意。

隋堤柳—隋煬帝開通運河，沿河築堤，沿堤植柳，此泛指堤邊楊柳。

鵝兒黃—鵝黃，形容初春淡黃色的楊柳。

紫陌青門—泛指遊冶之地。紫陌，舊指帝都的道路。青門，漢代長安城東南門，因門色青，故稱青門。

雨魄雲魂—化用宋玉《高唐賦》序所言襄王夢神女事，此處表示伊人只能夢中相見。

漁家傲

朱服

小雨纖纖風細細，萬家楊柳青煙裡。戀樹濕花飛不起，愁無比，和春付與東流水。

九十光陰能有幾？金龜解盡留無計。寄語東陽沽酒市，拚一醉，而今樂事他年淚。

纖纖—細雨紛飛的樣子。

戀樹濕花—花被雨淋濕後貼在樹上。

和春—連春天一起。

九十光陰—指三春九十天的時間。

金龜—唐代三品以上的官員佩金龜。李白《對酒憶賀監》詩序記，賀知章曾解下金龜換酒，以酬李白。

東陽—今屬浙江金華市。

沽酒—買酒。

青門飲

時彥

胡馬嘶風，漢旗翻雪，
形雲又吐，一竿殘照。
古木連空，亂山無數，行盡暮沙衰草。
星斗橫幽館，夜無眠、燈花空老。
霧濃香鴨，冰凝淚燭，霜天難曉。

長記小妝才了，
一杯未盡，離懷多少。
醉裡秋波，夢中朝雨，都是醒時煩惱。

青門飲－詞調名，始見於時彥。

漢旗－代指宋朝的旗幟。

彤雲－下雪前的陰雲。

殘照－指夕陽。

幽館－幽深的館舍。

香鴨－鴨形香爐。

小妝－淡妝。

秋波－形容美人秀目顧盼如

料有牽情處，忍思量、耳邊曾道：

甚時躍馬歸來，認得迎門輕笑。

秋水澄波。

夢中朝雨—隱喻幽會。

忍思量—怎忍細思量。

甚時—何時。

半死桐 ◎思越人亦名鷓鴣天

賀鑄

重過閶門萬事非，同來何事不同歸？
梧桐半死清霜後，頭白鴛鴦失伴飛。
原上草，露初晞。
舊棲新壟兩依依。
空床臥聽南窗雨，誰復挑燈夜補衣。

閶門—蘇州城西門，此處代指蘇州。
何事—為何。
「梧桐」二句—比喻失偶。清霜後，秋天，此指老年。
「原上草」二句—形容人生短促，如草上露水易乾。
晞—乾。
舊棲—舊居，指生者居處。
新壟—新墳，指死者葬所。

感皇恩

賀鑄

蘭芷滿汀洲，游絲橫路。羅襪塵生步，迎顧。整鬟顰黛，脈脈兩情難語。細風吹柳絮，人南渡。

回首舊遊，山無重數。花底深朱戶，何處？半黃梅子，向晚一簾疏雨。斷魂分付與，春將去。

蘭芷—蘭草和白芷，均為香草。

汀洲—水中小洲。

「羅襪」句—寫意中人細步行走，飄然而至。出自《洛神賦》：「凌波微步，羅襪生塵。」

顰黛—雙眉微蹙。

脈脈—相視含情不語。

朱戶—指女子的住所。

春將去—把春帶去。

杵聲齊◎古搗練子

賀鑄

砧面瑩，杵聲齊，

搗就征衣淚墨題。

寄到玉關應萬里，

戍人猶在玉關西。

砧－搗衣石。

瑩－光潔。

杵－搗衣用的木槌。

淚墨題－淚和著墨汁寫信。

玉關－玉門關，今甘肅敦煌附近。

戍人－保衛邊疆的戰士。

芳心苦

賀鑄

楊柳回塘，鴛鴦別浦。
綠萍漲斷蓮舟路。
斷無蜂蝶慕幽香，紅衣脫盡芳心苦。
返照迎潮，行雲帶雨。
依依似與騷人語。
當年不肯嫁春風，無端卻被秋風誤。

回塘—環曲的水塘。
別浦—江河支流的叉口。
蓮舟—採蓮的小船。
「紅衣」句—荷花的紅色花瓣落盡，蓮子的心有苦味。
返照—夕陽的迴光。
騷人—詩人。
「不肯」二句—指荷花不在春天與群芳爭妍，獨在夏日盛開，卻在無情的秋風中凋落。

青玉案

賀鑄

凌波不過橫塘路。但目送、芳塵去。
錦瑟華年誰與度。
月臺花榭，瑣窗朱戶，只有春知處。
飛雲冉冉蘅皋暮，彩筆新題斷腸句。
若問閒情都幾許。
一川煙草，滿城風絮，梅子黃時雨。

凌波—形容女子輕盈的腳步。
芳塵去—指美人已去。
錦瑟華年—喻青春年少。
花榭—花木環繞的房子。
瑣窗—雕繪花紋的窗子。
蘅皋—長滿香草的水邊。
彩筆—比喻有寫作的才華。
都幾許—有多少。
一川—遍地。

六州歌頭

賀鑄

少年俠氣，交結五都雄。肝膽洞，毛髮聳，立談中，死生同，一諾千金重。推翹勇，矜豪縱。輕蓋擁，聯飛鞚，斗城東。轟飲酒壚，春色浮寒甕，吸海垂虹。閒呼鷹嗾犬，白羽摘雕弓，狡穴俄空。樂匆匆。

五都－泛指北宋各大都市。
肝膽洞－與人肝膽相照。洞，深廣。
毛髮聳－路見不平，怒髮衝冠。
一諾千金重－答應別人的事一定做到。
推翹勇－推崇過人的勇敢。翹勇，驍勇。
矜豪縱－以豪放不羈傲視於人。
輕蓋－輕車。
飛鞚－飛馳的馬。
斗城－指汴京。
「轟飲」三句－指在酒店痛飲。春色，酒的泛稱。
嗾犬－以口作聲使喚獵犬。
白羽－箭名。
狡穴俄空－狡兔的巢穴一下子就被搜獵一空。

似黃粱夢。
辭丹鳳，明月共，漾孤篷。
官冗從，懷倥傯；落塵籠，簿書叢。
鶡弁如雲眾，供粗用，忽奇功。
笳鼓動，漁陽弄，思悲翁。
不請長纓，繫取天驕種，劍吼西風。
恨登山臨水，手寄七弦桐，目送歸鴻。

辭丹鳳—離開京城。
漾孤篷—小船獨自飄流。
冗從—散職的小官。
倥傯—窘迫困苦。
落塵籠—受到世俗的束縛。
簿書叢—擔任文書事務。簿書，官府的文牘。
鶡弁—插有鶡羽裝飾的武士頭冠，此代指武職人員。
粗用—幹粗活兒。
笳鼓—軍樂。
不請長纓—指請求出征。「不請」兩字出以反語。
天驕種—指匈奴。
七弦桐—七弦琴，以桐木製成。

石州引

賀鑄

薄雨收寒，斜照弄晴，春意空闊。
長亭柳蓓才黃，倚馬何人先折？
煙橫水漫，映帶幾點歸鴻，
平沙銷盡龍荒雪。
猶記出關來，恰如今時節。
將發。
畫樓芳酒，紅淚清歌，便成輕別。
回首經年，杳杳音塵都絕。

薄雨—小雨。
斜照弄晴—指晚晴。
柳蓓—柳的嫩芽。
倚馬—指整裝待發。
平沙—廣闊無邊的沙地。
龍荒—塞外荒寒之地。
出關—出塞。
恰如—恰恰是。
紅淚—女子的眼淚。
杳杳—深遠。

欲知方寸，共有幾許新愁？
芭蕉不展丁香結。
憔悴一天涯，兩厭厭風月。

方寸－心。
丁香結－丁香的花蕾，比喻愁思鬱結。
一天涯－指天各一方，距離遙遠。
厭厭－愁苦的樣子。

天門謠

賀鑄

牛渚天門險，限南北、七雄豪占。
清霧斂，與閒人登覽。
待月上潮平波灩灩，
塞管輕吹新阿濫。
風滿檻，歷歷數西州更點。

「牛渚」句—太平州採石鎮，濱長江有牛渚磯，絕壁嵌空，突出江中。磯西南有兩山夾江聳立，謂之天門。

限南北—南北朝以長江為界，南朝偏安江左。

七雄—三國吳、東晉、宋、齊、梁、陳六代，加上南唐共七代，皆建都金陵。

豪占—雄踞。

塞管—羌笛。

阿濫—唐玄宗所作的曲名。

歷歷—清楚分明貌。

西州—地名，位於金陵臺城以西。

更點—古代一夜分五更，每更分五點，皆以鐘鼓報時。

浣溪沙【二首・其一】

賀鑄

不信芳春厭老人，老人幾度送餘春，
惜春行樂莫辭頻。
巧笑艷歌皆我意，惱花顛酒拚君嗔，
物情惟有醉中真。

厭—厭棄，拋棄。

巧笑—美好的笑靨。
艷歌—描寫與情愛有關的歌詞。
惱花—被花所撩撥。
顛酒—喝了酒有點顛狂。
拚君嗔—不怕讓你責備。
物情—事理人情。

【二首・其二】

樓角初消一縷霞，淡黃楊柳暗棲鴉。
玉人和月摘梅花。
笑撚粉香歸洞戶，更垂簾幕護窗紗，
東風寒似夜來些。

和月—浸沐在月光下。

粉香—指梅花的花香，此以花香代替花枝。

洞戶—室內相通的門戶。

些—語末助詞，無義，是古代楚地方言。

天香

賀鑄

煙絡橫林，山沉遠照，
迤邐黃昏鐘鼓。
燭映簾櫳，蛩催機杼，
共苦清秋風露。
不眠思婦，齊應和、幾聲砧杵。
驚動天涯倦宦，駸駸歲華行暮。
當年酒狂自負，
謂東君、以春相付。

絡—籠罩。

遠照—落日餘暉。

迤邐—本指山脈綿延，此借指鐘鼓聲由遠而近傳來。

蛩—蟋蟀。

機杼—織布機。

苦—怨恨。

天涯倦宦—倦於在異鄉做官或求仕。

駸駸—馬行疾速，比喻時間快速流逝。

東君—即為司春之神，此指

流浪征驂北道，客檣南浦，
幽恨無人晤語。
賴明月、曾知舊遊處。
好伴雲來，還將夢去。

掌握詞人命運的君主。

驂—一車駕三馬，此處指馬。

南浦—南面的水濱，引申為分別之地。

晤語—當面談談。

好伴雲來—以行雲比喻所愛女子，用宋玉《高唐賦序》句意。

將—送。

蝶戀花 ◎改徐冠卿詞

賀鑄

幾許傷春春復暮。
楊柳清陰，偏礙游絲度。
天際小山桃葉步，白蘋花滿湔裙處。
竟日微吟長短句。
簾影燈昏，心寄胡琴語。
數點雨聲風約住，朦朧淡月雲來去。

徐冠卿—作者友人，生平不詳。

春復暮—春天又將盡。

游絲—飄浮空中的蟲絲。

桃葉—晉王獻之妾，此處借指戀人。

步—江邊可以繫舟停船之處。

湔—洗。

竟—整天。

胡琴—樂器名。唐宋時期，凡來自北方和西方各族的撥弦樂器，如琵琶，統稱胡琴。

風約住—指雨聲被風攔住。

水龍吟 ◎次韻林聖予惜春

晁補之

問春何苦匆匆？帶風伴雨如馳驟。
幽葩細萼，小園低檻，壅培未就。
吹盡繁紅，占春長久，不如垂柳。
算春常不老，人愁春老，
愁只是、人間有。
春恨十常八九，忍輕辜、芳醪經口。
那知自是，桃花結子，不因春瘦。

次韻—依照他人的某首詩或詞的韻腳依序和作。

馳驟—策馬快速奔馳往來。

幽葩—清幽的花朵。

細萼—細小的花萼。

壅培未就—還沒來得及用肥料養護植物的根。

春常不老—指春未曾老。

忍輕辜—怎忍輕易辜負。

芳醪—芳醇的美酒。

自是—本是。

世上功名，老來風味，春歸時候。
縱樽前痛飲，狂歌似舊，情難依舊。

風味—風采。

情難依舊—豪情難似當年。

憶少年◎別歷下

晁補之

無窮官柳，無情畫舸，無根行客。
南山尚相送，只高城人隔。
罨畫園林溪紺碧，
算重來、盡成陳跡。
劉郎鬢如此，況桃花顏色。

歷下—山東歷城縣。

官柳—官道兩旁的柳樹。

畫舸—裝飾華麗的船。

罨畫—畫家稱雜彩色的畫為罨畫。

紺—天青色，一種深青帶紅的顏色。

劉郎—以唐代詩人劉禹錫自喻。

劉禹錫曾因參與「貞元革新」變法，遭貶朗州司馬十年，召還京師時遊玄都觀看花，所作詩句隱含諷刺朝中新貴之意，再次被貶。十四年後回京，重返玄都觀，又作絕句，表達對人事變遷、今昔盛衰的感慨。

黃鶯兒

晁補之

南園佳致偏宜暑。兩兩三三修篁，新筍出初齊，猗猗過簷侵戶。聽亂颭芰荷風，細灑梧桐雨。午餘簾影參差，遠林蟬聲，幽夢殘處。

凝佇，既往盡成空，暫遇何曾住。算人間事、豈足追思，

修篁、新筍—修長的竹子，剛冒出土的新筍。

猗猗—美好茂盛的樣子。

颭—風吹。

芰—菱。

凝佇—凝神佇立。

依依夢中情緒。
觀數點茗浮花，一縷香縈炷。
怪來人道陶潛，做得羲皇侶。

羲皇－伏羲，指上古之人。

鹽角兒◎亳社觀梅

晁補之

開時似雪，謝時似雪，花中奇絕。
香非在蕊，香非在萼，骨中香徹。

占溪風，留溪月，
堪羞損、山桃如血。
直饒更、疏疏淡淡，終有一般情別。

亳社—指亳州（今安徽亳縣）祭祀土地神的社廟。

花中奇絕—花中奇物而絕無僅有。

骨中香徹—梅花的香氣是從骨子裡透出來的。

「堪羞損」二句—使得血紅的山桃花也自慚形穢。羞損，羞煞。

直饒—假定、假使。

「終有」句—另有一種情致。

洞仙歌◎泗州中秋作

晁補之

青煙冪處，碧海飛金鏡。
永夜閒階臥桂影。
露涼時，零亂多少寒螿，
神京遠，惟有藍橋路近。
水晶簾不下，雲母屏開，
冷浸佳人淡脂粉。
待都將許多明，付與金尊，

泗州—安徽泗縣。

冪—煙霧瀰漫的樣子。

「碧海」句—將夜空比做碧海，明月比喻成飛鏡。

永夜—長夜。

寒螿—寒蟬。

神京—指北宋京城汴京。

藍橋—在陝西藍田縣東南，橋架藍水之上，故名。世傳其地有仙窟，唐裴航遇雲英於此橋。此指遇到仙女的地方。

「水晶簾」句—即捲起水晶簾之意。

金尊—精美的酒杯。

投曉共流霞傾盡。
更攜取胡牀上南樓，
看玉做人間，素秋千頃。

投曉—指天明。

流霞—為神話中的仙酒名，漢王充《論衡．道虛》載，項曼都離家求仙，被仙人帶至月邊，飢渴時則飲以流霞一杯，每飲一杯，數月不饑。此既指酒，也指朝霞。

胡牀—古代一種輕便坐具，可摺疊攜帶。

「看玉」二句—看月下宛如玉雕的銀白世界，領略澄澈的無邊秋色。

菩薩蠻◎七夕

陳師道

行雲過盡星河爛，爐煙未斷蛛絲滿。
想得兩眉顰，停鍼憶遠人。
河橋知有路，不解留郎住。
天上隔年期，人間長別離。

行雲—指雲氣隨風飄盪。
星河爛—銀河燦爛。
顰—皺眉。
鍼—指針線。
河橋—鵲橋。
郎—既指牛郎，也指郎君。
隔年期—一年一會。

虞美人

李廌

玉闌干外清江浦，渺渺天涯雨。
好風如扇雨如簾，
時見岸花汀草、漲痕添。

青林枕上關山路，臥想乘鸞處。
碧蕪千里思悠悠，
惟有霎時涼夢、到南州。

清江浦—今江蘇淮陰市北淮河與運河會合處。
渺渺—雨霧迷濛。
汀草—水邊的野草。

青林—喻夢魂。
乘鸞處—指仙人居處。乘鸞，指仙遊。
碧蕪—青草。
南州—南方。

臨江仙

晁沖之

憶昔西池池上飲，年年多少歡娛。
別來不寄一行書，
尋常相見了，猶道不如初。

安穩錦衾今夜夢，月明好渡江湖。
相思休問定何如，
情知春去後，管得落花無。

西池—指汴京金明池。

尋常—平常。

不如初—不像當初在一起的時候。

錦衾—錦緞做的被子。

何如—如何。

情知—深知，明知。

漢宮春◎梅

晁沖之

瀟灑江梅，向竹梢疏處，橫兩三枝。
東君也不愛惜，雪壓風欺。
無情燕子，怕春寒、輕失花期。
卻是有、年年塞雁，
歸來曾見開時。

清淺小溪如練，
問玉堂何似，茅舍疏籬。
傷心故人去後，冷落新詩。

東君—春神。

清淺—用林逋《山園小梅》詩句：「疏影橫斜水清淺，暗香浮動月黃昏」之意。

練—柔軟潔白的絲織品。

玉堂—豪華府第，指富貴人家。

微雲淡月，對孤芳、分付他誰？

空自倚，清香未減，風流不在人知。

用唐薛維翰《春女怨》：「白玉堂前一樹梅，今朝忽見數花開。幾家門戶重重閉，春色因何入得來。」

故人—指宋代詠梅詩人林逋逝世後，梅花就失去了知音。

分付—託付。

空自倚—指梅花獨自倚著細長的竹子。

用杜甫《佳人》：「天寒翠袖薄，日暮倚修竹」詩意。

卜算子
◎送鮑浩然之浙東

王觀

水是眼波橫，山是眉峰聚。
欲問行人去那邊？眉眼盈盈處。
才始送春歸，又送君歸去。
若到江南趕上春，千萬和春住。

鮑浩然—生平不詳。
浙東—今浙江東部。
「水是眼波橫」二句—水像眼波橫流，山似眉峰攢聚。
眉眼盈盈處—山水秀麗之處，暗指在家等候的佳人。盈盈，美好的樣子。
才始—方才。

慶清朝慢

王觀

調雨為酥，催冰做水，東君分付春還。何人便將輕暖，點破殘寒？結伴踏青去好，平頭鞋子小雙鸞。煙郊外，望中秀色，如有無間。

晴則個，陰則個，餖飣得天氣有許多般。須教鏤花撥柳，爭要先看。

慶清朝慢—王觀創調。

酥—酥油，形容春雨滑膩。

東君—春神，古代亦稱太陽為東君。

輕暖—微暖。

小雙鸞—婦女鞋面所繡之鸞鳳。

望中—視野之中。

如有無間—在似有若無間。

晴則個，陰則個—有時晴，有時陰。則個，語助詞，無義，用法近似於「者」或「著」。

餖飣—本指堆砌羅列，此處形容天氣變化不定。

不道吳綾繡襪，香泥斜沁幾行斑。
東風巧，盡收翠綠，吹在眉山。

鏤花撥柳—指尋花覓柳，遊賞春色。
不道—不料。
吳綾—吳地所產綾羅絲綢。
眉山—典出《西京雜記》，卓文君「眉色如望遠山，臉際常若芙蓉」。踏青姑娘們的蛾眉，本來是淡淡的，但眉頭一皺，黛色集聚，好像被靈巧的東風吹在眉上。

一落索◎蔣園和李朝奉

舒亶

正是看花天氣，為春一醉。

醉來卻不帶花歸，悄不解看花意。

試問此花明媚，將花誰比？

只應花好似年年，花不似人憔悴。

朝奉—徽州俗稱富翁或當鋪管事為朝奉。

春—這裡指花。

悄—「誚」，責怪之意。

將—拿。

好—指花的明麗嬌媚。

惜分飛◎富陽僧舍代作別語贈妓瓊芳

毛滂

淚濕闌干花著露，愁到眉峰碧聚。此恨平分取，更無言語空相覷。

斷雨殘雲無意緒，寂寞朝朝暮暮。今夜山深處，斷魂分付潮回去。

惜分飛—毛滂創調。

「淚濕」句—形容女子臉上淚水縱橫，如帶露的花朵。

闌干，眼淚縱橫的樣子。

眉峰碧聚—古人以青黛畫眉，雙眉緊皺，猶如碧聚。

相覷—相看。

斷雨殘雲—以雨收雲散形容戀情結束。

山深處—指富陽僧舍所在地。

斷魂—形容極度悲傷。

潮—指錢塘江潮。

洞仙歌

李元膺

一年春物，惟柳梅間意味最深。至鶯花爛漫時，則春已衰遲，使人無復新意。予作《洞仙歌》，使探春者歌之，無後時之悔。

雪雲散盡，放曉晴池院，
楊柳於人便青眼。
更風流多處，一點梅心，
相映遠，約略顰輕笑淺。
一年春好處，不在濃芳，
小艷疏香最嬌軟。
到清明時候，百紫千紅，

爛漫—光彩明媚的樣子。

後時之悔—後悔錯過美好的時光。

雪雲—帶雪的雲。

放—露出。

青眼—指楊柳初生細長似人眼。

「一年」句—一年中春光最美好的時候。

疏香—借指梅花。

花正亂，已失春風一半。
早占取韶光共追遊，
但莫管春寒，醉紅自暖。

亂—形容花繁。
春風一半—指春天已過大半。
韶光—美好的時光，常指春光。
但莫管—只是不要顧及。

菩薩蠻【二首．其一】

陳克

赤欄橋盡香街直，籠街細柳嬌無力。
金碧上青空，花晴簾影紅。
黃衫飛白馬，日日青樓下。
醉眼不逢人，午香吹暗塵。

赤欄橋—又稱赤闌橋，赤紅欄杆的橋，在安徽合肥城南。

香街—指各種香氣混雜的繁華街市。

金碧—金碧輝煌的樓閣。

黃衫—衣飾華麗的青年貴族。

青樓—指妓院。

暗塵—街上揚起的塵土。

【二首·其二】

綠蕪牆繞青苔院，中庭日淡芭蕉捲。
蝴蝶上階飛，烘簾自在垂。
玉鉤雙語燕，寶甃楊花轉。
幾處簸錢聲，綠窗春睡輕。

綠蕪—雜亂叢生的野草。

烘簾—防止透風的暖簾。

玉鉤—新月。

寶甃—井的美稱。甃，井壁。

簸錢—唐宋時少女常玩的一種遊戲，又稱打錢、擲錢、攤錢。參與者先持錢在手中掂簸，然後擲在臺階或地上，依次攤平，以錢正反面的多寡決定勝負。

賣花聲◎題岳陽樓

張舜民

木葉下君山，空水漫漫。
十分斟酒斂芳顏。
不是渭城西去客，休唱陽關。

醉袖撫危闌，天淡雲閑。
何人此路得生還？
回首夕陽紅盡處，應是長安。

君山—在湖南岳陽西南洞庭湖中，又名洞庭山。

斂芳顏—指歌女收起笑容。

危闌—高樓的欄杆。

長安—此指北宋京城汴京。

南柯子◎憶舊

僧揮

十里青山遠，潮平路帶沙。數聲啼鳥怨年華。又是淒涼時候、在天涯。

白露收殘月，清風散曉霞。綠楊堤畔問荷花。記得年時沽酒、那人家。

潮平—潮漲。

怨年華—嘆年華易逝。

淒涼時候—指分離的時日。

白露—露水。

收—消除。

年時沽酒—去年買酒。

那人—伊人，意中人。

菩薩蠻【二首・其二】

魏夫人

溪山掩映斜陽裡，樓臺影動鴛鴦起。
隔岸兩三家，出牆紅杏花。
綠楊堤下路，早晚溪邊去。
三見柳綿飛，離人猶未歸。

魏夫人—即魏玩，北宋女詞人。

掩映—隱約映照。

樓臺影動—溪中可見樓臺倒影隨波搖動。

早晚—隨時。

柳綿—柳絮。

【二首・其二】

紅樓斜倚連溪曲，樓前溪水凝寒玉。
蕩漾木蘭船，船中人少年。
荷花嬌欲語，笑入鴛鴦浦。
波上暝煙低，菱歌月下歸。

溪曲—小溪彎折處。
寒玉—喻溪水清澈碧綠。
「荷花」句—荷花含苞初放，就像少女嬌羞欲語。
暝煙—傍晚的煙靄。
菱歌—採菱時隨口唱出的歌謠。

瑞龍吟

周邦彥

章臺路，還見褪粉梅梢，試花桃樹。
愔愔坊陌人家，定巢燕子，歸來舊處。

黯凝佇，因記箇人痴小，乍窺門戶。
侵晨淺約宮黃，障風映袖，盈盈笑語。

前度劉郎重到，訪鄰尋里，同時歌舞。
惟有舊家秋娘，聲價如故。
吟箋賦筆，猶記燕臺句。

章臺路－指舞臺歌榭。秦昭王曾於咸陽建造章臺，臺前有街，故稱章臺路。

褪粉梅梢－梅花逐漸凋落。

試花桃樹－桃樹剛開花。

愔愔－幽靜的樣子。

坊陌人家－指歌妓住的地方。

凝佇－站著出神。

箇人－那個人。

痴小－年輕癡情。

乍窺門戶－剛出門探看。宋人稱妓院為門戶人家。

侵晨－破曉。

宮黃－古代宮人用黃粉妝飾額角，稱為約黃；從宮中傳出，民間競效，稱為宮黃。淺約，形容輕輕塗抹。

障風映袖－舉起衣袖擋風。

前度劉郎－用劉禹錫重遊玄都觀題詩之典。

知誰伴，名園露飲，東城閒步？事與孤鴻去，探春盡是，傷離意緒。官柳低金縷，歸騎晚、纖纖池塘飛雨。斷腸院落，一簾風絮。

秋娘—唐代李德裕的家妓名謝秋娘，李錡侍妾名杜秋，亦稱杜秋娘。此泛指歌妓。

聲價如故—聲名和身價和以前一樣。

吟箋賦筆—吟詩作文章。

「燕臺」句—唐李商隱《燕臺》，此指贈妓之作。

露飲—宋代習俗，文人喜脫掉帽子或頭巾，不拘形跡地在露天暢飲。

東城閒步—用杜牧在洛陽東城重遇歌妓張好好，題詩憶舊一事。

「事與」句—往事消失無影無蹤。

官柳—指官道上所植楊柳。

金縷—指柳條。

風流子【二首・其一】

周邦彥

楓林凋晚葉，關河迥，楚客慘將歸。
望一川暝靄，雁聲哀怨；
半規涼月，人影參差。
酒醒後，淚花銷鳳蠟，風幕捲金泥。
砧杵韻高，喚回殘夢；
綺羅香減，牽起餘悲。
亭皋分襟地，難堪處，偏是掩面牽衣。
何況怨懷長結，重見無期。

晚葉—深秋的樹葉。
關河—關塞河防。
迥—遙遠。
楚客—周邦彥客居荊州，故自稱楚客。
半規—半圓形。
「淚花」句—蠟燭逐漸銷融。
鳳蠟，蠟燭的美稱。
「風幕」句—風捲起嵌金的簾幕。
砧杵韻高—搗衣聲一聲比一聲高。
綺羅香—指女子衣裙的香氣。
亭皋—水邊的平地。
分襟—分手、分別。
難堪處—最難忍受之時。

想寄恨書中，銀鉤空滿；
斷腸聲裡，玉箸還垂。
多少暗愁密意，唯有天知。

銀鉤－本形容書法筆勢宛如銀鉤，後泛指字跡。
玉箸－喻美人的眼淚。唐白居易《白氏六帖》：「魏甄后面白，淚雙垂如玉箸。」

【二首・其二】

新綠小池塘，風簾動、碎影舞斜陽。
羨金屋去來，舊時巢燕；
土花繚繞，前度莓牆。
繡閣裡，鳳幃深幾許？聽得理絲簧。
欲說又休，慮乖芳信；
未歌先噎，愁近清觴。
遙知新妝了，開朱戶、應自待月西廂。
最苦夢魂，今宵不到伊行。

新綠—指開春後新漲的綠水。

金屋—華麗的閨房。

土花—苔蘚。

莓牆—長滿苔蘚的圍牆。

鳳幃—繡著鳳凰的帳子。

理絲簧—彈奏樂器。

慮乖芳信—擔心誤了情人的音信。乖，違誤。

愁近清觴—指借酒澆愁。

朱戶—富貴人家朱紅色的大門。

待月西廂—等待情人。典出唐元稹《會真記》中，崔鶯鶯贈張生詩：「待月西廂

問甚時說與，佳音密耗，
寄將秦鏡，偷換韓香？
天便教人，霎時廝見何妨。

下，迎風戶半開，拂牆花影動，疑是玉人來。」

伊行—她的身邊。行，宋代口語，指這邊、那邊。

密耗—密約。耗，消息。

秦鏡—指男女互贈的信物。

韓香—指男女定情信物。

便—就算。

教人—讓人。

廝見—相見。

蘭陵王◎柳

周邦彥

柳陰直，煙裡絲絲弄碧。
隋堤上，曾見幾番，拂水飄綿送行色。
登臨望故國。誰識。京華倦客。
長亭路，年去歲來，應折柔條過千尺。
閒尋舊蹤跡。又酒趁哀弦，燈照離席。
梨花榆火催寒食。
愁一箭風快，半篙波暖，
回頭迢遞便數驛，望人在天北。

柳陰直—長堤之柳排列整齊，柳陰連綴成直線。

綿—柳絮。

行色—此指行旅之人。

故國—故鄉。

京華倦客—作者自稱。京華，指北宋國都汴京。

「應折」句—古人有折柳送別的習俗，此形容折柳送別次數之多。

舊蹤跡—指往事。

酒趁哀弦—飲酒時奏著哀傷的曲調。

離席—餞行的酒宴。

榆火—寒食禁火，清明日宮中取榆柳之火以賜近臣。梨花榆火催寒食，意即餞別正

淒惻，恨堆積。
漸別浦縈迴，津堠岑寂，
斜陽冉冉春無極。
念月榭攜手，露橋聞笛。
沉思前事，似夢裡，淚暗滴。

值梨花盛開的寒食時節。

一箭風快—指正當順風，船駛如箭。

半篙—撐船的竹篙沒入水中。

驛—水驛。

淒惻—悲傷。

漸—正當。

別浦—送行的水邊。

縈迴—水波迴盪。

津堠—渡口的守望之所。

冉冉—緩緩移動的樣子。

月榭—月光下的亭榭。

蘇幕遮

燎沉香，消溽暑。
鳥雀呼晴，侵曉窺簷語。
葉上朝陽乾宿雨，
水面清圓，一一風荷舉。

故鄉遙，何日去。
家住吳門，久作長安旅。
五月漁郎相憶否。
小楫輕舟，夢入芙蓉浦。

周邦彥

燎—燒。
溽暑—潮濕悶熱的暑氣。
侵曉—天快亮的時候。
窺簷—從屋簷隙縫往下看。
宿雨—昨夜的雨。
風荷舉—荷葉迎著晨風，挺出水面。舉，擎起。

吳門—原指蘇州，此泛指吳越之地。
長安—漢唐的國都，此處借指北宋國都汴京。
漁郎—少時的釣遊舊伴。
芙蓉浦—荷花塘。

六醜◎薔薇謝後作

周邦彥

正單衣試酒，悵客裡、光陰虛擲。
願春暫留，春歸如過翼，一去無跡。
為問花何在？
夜來風雨，葬楚宮傾國。
釵鈿墮處遺香澤，
亂點桃蹊，輕翻柳陌。
多情為誰追惜？
但蜂媒蝶使，時叩窗槅。

單衣—單薄的衣衫。

試酒—品嘗新釀成的酒，農曆三四月間的習俗。

過翼—飛掠過的鳥兒。

楚宮傾國—楚王宮殿裡的美人，此喻薔薇。

釵鈿—女子頭上的飾物，此指掉落的花瓣。

桃蹊—桃樹下的小徑。

窗槅—窗上的木格。

東園岑寂，漸蒙籠暗碧。
靜遶珍叢底，成歎息。
長條故惹行客，
似牽衣待話，別情無極。
殘英小、強簪巾幘。
終不似一朵，釵頭顫裊，向人欹側。
漂流處、莫趁潮汐。
恐斷紅、尚有相思字，何由見得？

岑寂—寂寥冷清。
蒙籠暗碧—指綠葉。
珍叢—凋零的薔薇花叢。
長條—薔薇枝條。
別情無極—形容離情別緒依戀難捨。
殘英—落花。
強簪巾幘—勉強戴在頭巾上。
向人欹側—向人傾斜靠近，有媚悅之意。
潮汐—早潮叫潮，晚潮稱汐。
斷紅尚有相思字—斷紅指落花，此處暗用紅葉題詩之典。
何由見得—無從看見。

滿庭芳◎夏日溧水無想山作

周邦彥

風老鶯雛，雨肥梅子，
午陰佳樹清圓。
地卑山近，衣潤費爐煙。
人靜烏鳶自樂，
小橋外、新綠濺濺。
憑闌久，黃蘆苦竹，疑泛九江船。
年年，如社燕，
漂流瀚海，來寄修椽。

風老鶯雛—小黃鶯在暖風中長大。
午陰—正午的樹影。
潤—潮濕。
烏鳶—泛指鳥類。
濺濺—水聲。
黃蘆苦竹—枯黃的蘆葦和苦筍長成的竹子。
疑泛九江船—懷疑自己是不是像白居易一樣被貶到九江。
社燕—春來秋去的燕子。農曆立春和立秋後第五個戊日分別是春社與秋社，燕子

且莫思身外，長近尊前。
憔悴江南倦客，
不堪聽、急管繁弦。
歌筵畔，先安簟枕，容我醉時眠。

於春社前往北飛，在秋社後飛回南方。
翰海—本為沙漠地區，此指荒涼遙遠的地方。
來寄修椽—指在人家屋椽間棲身。椽，屋頂承瓦的長木。
身外—指功名利祿等身外之事。
江南倦客—作者自稱。

玉樓春

周邦彥

桃溪不作從容住，秋藕絕來無續處。
當時相候赤闌橋，今日獨尋黃葉路。
煙中列岫青無數，雁背夕陽紅欲暮。
人如風後入江雲，情似雨餘黏地絮。

「桃溪」句—暗用劉晨、阮肇入山遇仙之典，暗指作者曾有一段短暫的愛情遇合。

「秋藕」句—喻雙方情意斷絕，難再續接。

赤闌橋—暗指楊柳春景，與下句的黃葉路對照，寫情人相候的甜蜜與與秋徑獨行的淒涼。

蝶戀花◎早行

周邦彥

月皎驚烏棲不定。
更漏將闌，轆轤牽金井。
喚起兩眸清炯炯，淚花落枕紅綿冷。
執手霜風吹鬢影。
去意徘徊，別語愁難聽。
樓上闌干橫斗柄，露寒人遠雞相應。

更漏將闌－天快亮了。
轆轤－井上的汲水器。
金井－井的美稱。
清炯炯－眼神清澈明亮。
「淚花」句－淚水濕透紅色絲棉的枕心。
霜風－寒冷的秋風。
斗柄－北斗星之柄，指北斗七星中第五至七顆星。

少年遊◎感舊

周邦彥

并刀如水，吳鹽勝雪，纖指破新橙。
錦幄初溫，獸香不斷，相對坐吹笙。
低聲問：向誰行宿？城上已三更。
馬滑霜濃，不如休去，直是少人行。

并刀—并州出產的剪刀。
如水—形容刀之鋒利。
吳鹽—吳地產的鹽，細勻如雪。
破—剖開。
獸香—從獸形香爐中飄散的香氣。
笙—一種簧管樂器。
誰行—誰那裡，哪邊。
直是—正是。

解語花◎上元

周邦彥

風銷絳蠟，露浥紅蓮，燈市光相射。桂華流瓦，纖雲散，耿耿素娥欲下。衣裳淡雅，看楚女纖腰一把。簫鼓喧，人影參差，滿路飄香麝。

因念都城放夜，望千門如畫，嬉笑遊冶。

風銷絳蠟－紅燭在風中逐漸銷融。

浥－沾濕。

紅蓮－紅色的荷花燈。

燈市－元宵節街市店鋪懸掛各式花燈。

桂華流瓦－月光流瀉在屋瓦上。

耿耿－明亮的樣子。

素娥－嫦娥。

纖腰一把－形容女子身形纖細，用楚靈王好細腰典故。

香麝－此指女子身上散發出的香氣。

放夜－元宵節前後，京城開放夜禁，可整夜自由通行。

千門－形容宮殿門戶眾多。

鈿車羅帕，
相逢處、自有暗塵隨馬。
年光是也，唯只見舊情衰謝。
清漏移，飛蓋歸來，從舞休歌罷。

鈿車—鑲嵌金鈿的車子。

年光是也—指時序節令依舊。

清漏移—夜漸深。

飛蓋—疾駛的車子。

從—隨他、任憑。

過秦樓

周邦彥

水浴清蟾，葉喧涼吹，巷陌馬聲初斷。閒依露井，笑撲流螢，惹破畫羅輕扇。
人靜夜久憑闌，愁不歸眠，立殘更箭。嘆年華一瞬，人今千里，夢沉書遠。
空見說、鬢怯瓊梳，容銷金鏡，漸懶趁時勻染。

清蟾—明月。
葉喧涼吹—涼風吹得樹葉沙沙響。

露井—無蓋之井。

畫羅—繪有圖案的絲織品。
立殘更箭—站到更漏將殘，天將破曉。更箭，銅壺滴漏中標有時間刻度的浮尺。
書遠—指音信杳然。
鬢怯瓊梳—指鬢髮漸稀。瓊梳，玉梳。
容銷金鏡—鏡中容顏憔悴。金鏡，銅鏡的美稱。
趁時勻染—依流行款式梳妝打扮。勻染，塗脂抹粉。

梅風地溽，虹雨苔滋，一架舞紅都變。
誰信無聊為伊，才減江淹，情傷荀倩。
但明河影下，還看稀星數點。

梅風地溽－梅雨時節潮濕炎熱。
虹雨－初夏時節的雨。
「一架」句－滿架紅花在風雨中飄落。
才減江淹－像江淹一樣才思枯竭。
情傷荀倩－像三國魏人荀粲那樣痴情，妻子病故後痛悼而亡。
明河－銀河。

西河◎金陵懷古

周邦彥

佳麗地，南朝盛事誰記？山圍故國，繞清江、髻鬟對起。怒濤寂寞打孤城，風檣遙度天際。

斷崖樹，猶倒倚；莫愁艇子曾繫。空餘舊跡鬱蒼蒼，霧沉半壘。夜深月過女牆來，傷心東望淮水。

酒旗戲鼓甚處市，

「佳麗地」句－南朝謝朓《入朝曲》：「江南佳麗地，金陵帝王州。」佳麗地，指金陵。

山圍故國－形容金陵附近青山環繞。

清江－此指長江。

髻鬟對起－以女子雙髻形容青山隔江相對。

風檣－順風揚帆的船隻。

莫愁－古樂府中傳說的女子。

半壘－頹圮的堡壘。

女牆－城上如凹凸形的矮牆。

酒旗－酒店前的店招，此指酒店。

戲鼓－雜技戲曲表演時的鑼鼓，此指戲館。

想依稀、王謝鄰里洪，
燕子不知何世。
向尋常巷陌人家，
相對如說興亡，斜陽裡。

何世－哪個朝代。
興亡－歷史的興衰。

夜游宮

周邦彥

葉下斜陽照水，捲輕浪、沉沉千里。
橋上酸風射眸子。
立多時，看黃昏，燈火市。
古屋寒窗底，聽幾片、井桐飛墜。
不戀單衾再三起。
有誰知，為蕭娘，書一紙。

葉下—樹葉飄落。

酸風射眸子—冷風吹得眼睛發酸。酸風，淒冷的風。

燈火市—指燈火點點亮起。

單衾—單薄的被子。

蕭娘—女子的泛稱。唐楊巨源《崔娘》：「風流才子多春思，腸斷蕭娘一紙書。」

瑣窗寒

周邦彥

暗柳啼鴉，單衣佇立，小簾朱戶。
桐花半畝，靜鎖一庭愁雨。
灑空階、夜闌未休，
故人剪燭西窗語。
似楚江暝宿，風燈零亂，少年羈旅。
遲暮，嬉游處。
正店舍無煙，禁城百五。
旗亭喚酒，付與高陽儔侶。

瑣窗寒—周邦彥創調。

夜闌—夜深。

剪燭西窗語—李商隱《夜雨寄北》詩：「何當共剪西窗燭，卻話巴山夜雨時。」

暝—黑夜。

遲暮—指黃昏，比喻晚年。

禁城百五—舊時習俗冬至後一百五十日，為寒食節，全城禁火三日，至清明始以榆

想東園、桃李自春，
小脣秀靨今在否？
到歸時、定有殘英，待客攜尊俎。

火燃薪。

旗亭—市樓，有旗立於其上，並設酒肆。

高陽儔侶—指好飲酒而狂放不羈的人。儔侶，伴侶。

小脣秀靨—美貌女子，此喻桃李。

殘英—凋零的花瓣。

尊俎—古代盛酒肉的器皿。

大酺

周邦彥

對宿煙收，春禽靜，飛雨時鳴高屋。牆頭青玉旆，洗鉛霜都盡，嫩梢相觸。潤逼琴絲，寒侵枕障，蟲網吹黏簾竹。郵亭無人處，聽簷聲不斷，困眠初熟。奈愁極頻驚，夢輕難記，自憐幽獨。

宿－隔夜。春禽－春鳥。
高屋－屋子高起的部分，即屋脊。
青玉旆－綠竹枝葉。旆，古代旗幟末端垂如燕尾的垂旒。
鉛霜－竹枝上的白色霜粉。
潤逼琴絲－天雨潮濕，琴弦變得鬆弛。
枕障－床頭枕邊的圍屏。
郵亭－古代設於路邊，供傳遞公文和旅客歇息的館舍。
簷聲－簷下雨聲。
困眠初熟－因疲倦而睡著。
幽獨－獨處。
流潦－路面的積水。
車轂－車輪中心的圓木，中有孔插軸。此處泛指車。
蘭成憔悴－北周庾信小字蘭

行人歸意速。
最先念、流潦妨車轂。
怎奈向、蘭成憔悴，
衛玠清羸，等閒時、易傷心目。
未怪平陽客，雙淚落、笛中哀曲。
況蕭索青蕪國，紅糝鋪地，
門外荊桃如菽。
夜遊共誰秉燭？

成，初仕梁，出使西魏，值梁災，被留長安，後仕周，不得南歸，常思故國，作《哀江南賦》等。

衛玠清羸—西晉衛玠有「玉人」之稱，人久聞其名，爭相睹之，玠體素羸弱，遂成病至死，時人謂「看殺衛玠」。清羸，清瘦羸弱。

等閒—平常。

「未怪」三句—東漢馬融性好音樂，能鼓琴吹笛；客居平陽時，聽客舍有人吹笛，甚悲，因作《笛賦》。

青蕪國—雜草叢生之地。

紅糝—指落花。糝，碎米粒。

荊桃—櫻桃的別名。

秉燭—手持蠟燭。用漢代古詩十九首中之「晝夜苦短長，何不秉燭遊」之意。

解連環

周邦彥

怨懷無託。
嗟情人斷絕，信音遼邈。
縱妙手能解連環，
似風散雨收，霧輕雲薄。
燕子樓空，暗塵鎖、一床弦索。
想移根換葉，盡是舊時，手種紅藥。
汀洲漸生杜若。
料舟依岸曲，人在天角。

解連環—《戰國策》記載，秦昭王派使者送玉連環給齊君王后，曰以齊人之智必可解，然群臣束手，君王后便引錐破之，對秦使說：「這就解開了。」秦自此不敢小覷齊國。此處比喻情懷難解。

燕子樓空—指佳人已去。

床—指琴床，放置琴的架子。

弦索—樂器上的弦，代指樂器。

紅藥—芍藥。

杜若—香草名。

謾記得、當日音書，
把閒語閒言，待總燒卻。
水驛春回，望寄我、江南梅萼。
拚今生，對花對酒，為伊淚落。

水驛—水上的驛站。
寄我—寄還給我。
梅萼—梅花的蓓蕾。
拚—不顧惜，捨棄。

關河令

周邦彥

秋陰時晴漸向暝，變一庭淒冷。
佇聽寒聲，雲深無雁影。
更深人去寂靜，但照壁孤燈相映。
酒已都醒，如何消夜永？

時—片時，偶爾。
向暝—傍晚。
佇—久立。
寒聲—即秋聲，如風吹落葉聲、蟲鳥哀鳴。
照壁—廳堂前與正門相對的短牆，作為遮蔽，裝飾之用。
消夜永—排遣漫漫長夜。

浪淘沙慢

周邦彥

曉陰重，霜凋岸草，霧隱城堞。南陌脂車待發，東門帳飲乍闋。正拂面、垂楊堪攬結。掩紅淚、玉手親折。念漢浦、離鴻去何許？經時信音絕。

情切。望中地遠天闊。向露冷、風清無人處，耿耿寒漏咽。嗟萬事難忘，唯是輕別。

堞—城上的齒形矮牆。

南陌—城南大道。

脂車—車輪軸塗以油膏，以便遠行。

乍闋—初唱一曲。

紅淚—女子的眼淚。

離鴻—分離後的女子，用曹植《洛神賦》之「其形也，翩若驚鴻」形容其美。

經時—經過長久的時間。

耿耿—形容煩躁難眠。

翠尊未竭，
憑斷雲、留取西樓殘月。

羅帶光銷紋衾疊，
連環解、舊香頓歇。
怨歌永、瓊壺敲盡缺。
恨春去、不與人期，
弄夜色、空餘滿地梨花雪。

翠尊未竭—玉杯裡的酒尚未飲盡。
斷雲—孤雲、片雲。
羅帶—香羅帶，古時男女定情之物。
連環解—指情已斷。
舊香—用西晉賈充幼女賈午偷贈韓壽異香之典。
永—長。
「瓊壺」句—依歌聲的節拍敲打玉壺，壺邊盡是缺口，表示感情十分激烈。
梨花雪—梨花滿地潔白似雪。

應天長

周邦彥

條風布暖，霏霧弄晴，池臺遍滿春色。正是夜堂無月，沉沉暗寒食。梁間燕，社前客。似笑我、閉門愁寂。亂花過，隔院芸香，滿地狼藉。

長記那回時，邂逅相逢，郊外駐油壁。又見漢宮傳燭，飛煙五侯宅。青青草，迷路陌。強載酒、細尋前跡。市橋遠，柳下人家，猶自相識。

條風—春風。

沉沉—昏暗的樣子。

社前客—指燕子。

芸香—香草名，夏季開花，香氣濃郁。

邂逅—不期而遇。

油壁—用香料塗飾車壁的車子。

五侯—指達官貴人。

強載酒—強打著精神，攜酒而行。

長相思◎雨

一聲聲，一更更。窗外芭蕉窗裡燈，此時無限情。
夢難成，恨難平。不道愁人不喜聽，空階滴到明。

万俟詠

一更更—一遍遍報時的更鼓聲。

恨—遺憾。

不道—不管。

「空階」句—用唐溫庭筠《更漏子》：「梧桐樹，三更雨，不道離情正苦。一葉葉，一聲聲，空階滴到明。」

長相思◎山驛

短長亭，古今情。
樓外涼蟾一暈生，雨餘秋更清。
暮雲平，暮山橫。
幾葉秋聲和雁聲，行人不要聽。

万俟詠

山驛－山路上的驛站，指作詞之地。
短長亭－離城五里的亭叫短亭，離城十里的亭叫長亭。
涼蟾－傳說月亮中有蟾蜍，因以代月。
暈－月暈。
橫－此指遠山迷茫。
和－應和。

青玉案

曹組

碧山錦樹明秋霽，路轉陡，疑無地。
忽有人家臨曲水，
竹籬茅舍，酒旗沙岸，一簇成村市。
淒涼只恐鄉心起。
鳳樓遠、回頭謾凝睇。
何處今宵孤館裡，
一聲征雁，半窗殘月，總是離人淚。

錦樹—秋霜染紅的樹木。

簇—叢聚。

鳳樓—此指女子的居處。

謾—徒然。

凝睇—凝視。

帝臺春

李甲

芳草碧色，萋萋遍南陌。暖絮亂紅，也知人、春愁無力。憶得盈盈拾翠侶，共攜賞、鳳城寒食。到今來，海角逢春，天涯為客。

愁旋釋，還似織。淚暗拭，又偷滴。謾佇立、倚遍危闌，

萋萋—茂盛的樣子。

陌—田間小路。

盈盈—指女子美好的體態。

拾翠—拾取翠鳥羽毛作為裝飾，代指婦女春遊嬉戲。

鳳城—指京城。

旋釋—立刻消散。

謾—白白地。

盡黃昏，也只是、暮雲凝碧。
拚則而今已拚了，忘則怎生便忘得。
又還問鱗鴻，試重尋消息。

暮雲凝碧—黃昏時彩霞聚攏。
拚—割捨。
怎生—如何。
鱗鴻—魚雁，代指書信。

南浦◎旅懷

魯逸仲

風悲畫角，聽單于三弄落譙門。
投宿駸駸征騎，飛雪滿孤村。
酒市漸闌燈火，正敲窗、亂葉舞紛紛。
送數聲驚雁，乍離煙水，嘹唳度寒雲。

好在半朧溪月，到如今、無處不銷魂。
故國梅花歸夢，愁損綠羅裙。
為問暗香閒艷，也相思、萬點付啼痕。
算翠屏應是，兩眉餘恨倚黃昏。

風悲畫角—風中傳來畫角聲，聲音淒厲。
單于—曲調名。
弄—演奏。
譙門—建有瞭望樓的城門。
駸駸—馬跑得很快的樣子。
嘹唳—大雁激越的叫聲。
度—飛越。
好在—此指月色依舊。
半朧溪月—月色朦朧地照在溪邊。
故國—指故園。
綠羅裙—穿著綠色羅裙的女子。
暗香閒艷—指梅花。
啼痕—淚痕。
翠屏—此指倚屏人。

鷓鴣天

周紫芝

一點殘紅欲盡時，乍涼秋氣滿屏幃。梧桐葉上三更雨，葉葉聲聲是別離。

調寶瑟，撥金猊。那時同唱鷓鴣詞。如今風雨西樓夜，不聽清歌也淚垂。

殘紅—將滅的殘燈。

調—撫弄樂器。

撥金猊—撥去香爐中的灰。金猊，香爐的一種，爐蓋形如狻猊。

西樓—指作者住處。

燕山亭◎北行見杏花

趙佶

裁剪冰綃，輕疊數重，
淡著燕脂勻注。
新樣靚妝，艷溢香融，
羞殺蕊珠宮女。
易得凋零，更多少無情風雨。
愁苦。
問院落淒涼，幾番春暮？
憑寄離恨重重，

冰綃—輕而薄的絹。
燕脂—胭脂。
勻注—均勻塗抹。
靚妝—脂粉的妝飾。
蕊珠宮—道家的仙宮。
易得—容易。
憑寄—寄託。

這雙燕何曾，會人言語？
天遙地遠，萬水千山，
知他故宮何處？
怎不思量，除夢裡有時曾去。
無據。
和夢也新來不做。

會—領會、懂得。

知—實為不知之意。

無據—虛幻無憑。

和—甚至、連。

如夢令【二首・其二】

李清照

常記溪亭日暮，沉醉不知歸路。興盡晚回舟，誤入藕花深處。爭渡，爭渡，驚起一灘鷗鷺。

常記—時常記起。
溪亭—水邊的亭子。
沉醉—既是喝醉也是陶醉。
興—遊興。
回舟—乘船而回。
藕花—荷花。
爭渡—怎樣才能划出去。
一灘—一群。
鷗鷺—泛指水鳥。

【二首．其二】

昨夜雨疏風驟，濃睡不消殘酒。
試問捲簾人，卻道海棠依舊。
知否？知否？
應是綠肥紅瘦。

雨疏風驟—雨點稀疏，夜風疾勁。
濃睡—熟睡。
捲簾人—侍女。
卻道—還說。
綠肥紅瘦—綠葉茂盛，紅花凋零。

醉花陰

李清照

薄霧濃雲愁永晝，瑞腦消金獸。
佳節又重陽，
玉枕紗廚，半夜涼初透。
東籬把酒黃昏後，有暗香盈袖。
莫道不消魂，
簾捲西風，人比黃花瘦。

永晝—漫長的白晝。

瑞腦—香料名，即龍腦香，又名冰片。

金獸—獸形的銅製香爐。

紗廚—頂及四周、蓋以綠紗的帷帳，夏日張掛可避蚊蠅，不用時亦可折疊收藏。

東籬—泛指採菊之地。

暗香—此指菊花的幽香。

銷魂—形容憂愁、悲傷。

黃花—即菊花。

一剪梅

李清照

紅藕香殘玉簟秋。
輕解羅裳，獨上蘭舟。
雲中誰寄錦書來？
雁字回時，月滿西樓。

花自飄零水自流。
一種相思，兩處閒愁。
此情無計可消除，
才下眉頭，卻上心頭。

紅藕香殘－荷花凋零，香氣已盡。

玉簟秋－光潔的竹蓆帶著涼意。

蘭舟－即木蘭舟。

錦書－書信。

雁字－雁飛時排列成「人」或「一」字。

「一種」二句－彼此都在思念對方，可又不能互相傾訴，只好各在一方獨自愁悶著。

「才下」句－指眉頭才剛舒展。

蝶戀花

李清照

暖雨晴風初破凍，柳眼梅腮，已覺春心動。酒意詩情誰與共？淚融殘粉花鈿重。

乍試夾衫金縷縫，山枕斜攲，枕損釵頭鳳。獨抱濃愁無好夢，夜闌猶剪燈花弄。

柳眼—初生的柳葉，細長如眼。

梅腮—花瓣像美人香腮。

花鈿—金絲嵌花的首飾。

夾衫—有裡子的夾衣。

金縷—金線。

山枕—古代睡枕多用木、瓷製成，中間凹陷，兩端凸起似山。

釵頭鳳—鳳形頭釵。

燈花—燈芯燃燒結成的花形。

漁家傲

李清照

天接雲濤連曉霧，星河欲轉千帆舞。
彷彿夢魂歸帝所。
聞天語，殷勤問我歸何處？
我報路長嗟日暮，學詩謾有驚人句。
九萬里風鵬正舉。
風休住，蓬舟吹取三山去。

雲濤—形容雲層像波濤般翻湧。
星河—銀河。
帝所—天帝居住的地方。
天語—天帝的話語。
殷勤—關心地。
謾有—空有、徒有。
九萬里—《莊子．逍遙遊》中說大鵬乘風飛上九萬里高空。
蓬舟—輕舟。
三山—傳說中蓬萊、方丈、瀛洲三座仙山。

鳳凰臺上憶吹簫

李清照

香冷金猊，被翻紅浪，
起來人未梳頭。
任寶奩塵滿，日上簾鉤。
生怕閒愁暗恨，
多少事、欲說還休。
新來瘦，非干病酒，不是悲秋。
休休，這回去也，
千萬遍陽關，也即難留。

被翻紅浪—紅色錦被堆疊在床上像波浪一樣，意指無心折疊。

寶奩—梳妝鏡匣的美稱。

新來—近來。

非干病酒—不是因為喝酒太多致病。

休休—算了。

陽關—送別之曲。

念武陵人遠，煙鎖秦樓。
記取樓前綠水，
應念我、終日凝眸。
凝眸處，從今又添，幾段新愁。

武陵人—陶淵明《桃花源記》寫武陵人入桃花源事，後以武陵人代指離家遠行之人。

秦樓—秦穆公之女弄玉所住之樓。此寫對夫婿趙明誠的思念。

武陵春

李清照

風住塵香花已盡，日晚倦梳頭。
物是人非事事休，欲語淚先流。
聞說雙溪春尚好，也擬泛輕舟。
只恐雙溪舴艋舟，載不動、許多愁。

住—停。
塵香—塵土也沾染落花的香氣。
倦—懶得。
雙溪—水名，在金華。
擬—準備。
舴艋舟—小船。

聲聲慢

李清照

尋尋覓覓，冷冷清清，
淒淒慘慘戚戚。
乍暖還寒時候，最難將息。
三杯兩盞淡酒，怎敵他、晚來風急？
雁過也，正傷心，
卻是舊時相識。
滿地黃花堆積，憔悴損，
如今有誰堪摘？

乍暖還寒—天剛回暖，卻仍有寒意。

將息—調養休息。

「雁過也」三句—表示悼亡、懷舊之意。作者此時流寓江南，丈夫趙明誠已死，書信無人可寄，故見北雁南來，感到傷心。

黃花—此指菊花。

有誰堪摘—誰能與我共採。

守著窗兒，獨自怎生得黑？
梧桐更兼細雨，到黃昏、點點滴滴。
這次第，怎一個愁字了得？

怎生—怎麼。

這次第—這情形、這光景。

「怎一個」句—一個「愁」字怎麼能概括得盡呢？

念奴嬌

李清照

蕭條庭院，
又斜風細雨，重門須閉。
寵柳嬌花寒食近，
種種惱人天氣。
險韻詩成，扶頭酒醒，
別是閒滋味。
征鴻過盡，萬千心事難寄。
樓上幾日春寒，

寵柳嬌花—形容柳媚花嬌。

險韻—字少艱僻之韻。

扶頭—酒名，濃烈易醉。一說是解宿醉的淡酒。

征鴻—征雁，多指秋天南飛的雁。

簾垂四面，玉闌干慵倚。
被冷香消新夢覺，
不許愁人不起。
清露晨流，新桐初引，
多少遊春意。
日高煙斂，更看今日晴未？

慵倚—懶得倚靠。
香消—香爐中的香已燒盡。
新桐初引—桐樹的嫩葉才剛長出。
煙斂—霧氣消散。
晴未—放晴了沒。

永遇樂◎元宵

李清照

落日鎔金，暮雲合璧，人在何處？
染柳煙濃，吹梅笛怨，春意知幾許？
元宵佳節，融和天氣，次第豈無風雨。
來相召、香車寶馬，
謝他酒朋詩侶。
中州盛日，閨門多暇，
記得偏重三五。
鋪翠冠兒，撚金雪柳，簇帶爭濟楚。

落日鎔金—夕陽映照水面，像鎔化的金子。
暮雲合璧—暮雲合攏像環形玉璧。
人在何處—「人」指去世多年的趙明誠。
吹梅笛怨—笛子吹奏《梅花落》的哀怨曲調。
融和—溫暖和煦。
次第—接著、轉眼間。
香車寶馬—古代女子乘坐的裝飾華麗的車馬。
酒朋詩侶—一起飲酒作詩的朋友。
中州盛日—指北宋汴京鼎盛時期。
偏重三五—特別重視正月

如今憔悴，風鬟霜鬢，怕見夜間出去。
不如向、簾兒底下，聽人笑語。

十五元宵節。

鋪翠冠兒－以翠羽裝飾的帽子。

撚金雪柳－金絲線作成的雪柳，元宵節女子頭上的裝飾。

簇帶－指頭上插戴著許多裝飾。

濟楚－宋代方言，整齊漂亮的意思。

風鬟霜鬢－形容勞碌奔波，蓬頭不整。

怕見－懶得

點絳唇

李清照

蹴罷鞦韆，起來慵整纖纖手。
露濃花瘦，薄汗輕衣透。
見客入來，襪剗金釵溜。
和羞走。倚門回首，卻把青梅嗅。

蹴鞦韆－即盪鞦韆。
慵整－懶得動。
纖纖手－形容雙手細嫩柔美。
露濃花瘦－形容少女香汗淋漓的嬌美神態。
襪－只穿著襪子走路。
金釵溜－金釵滑落下來。
和羞走－含羞疾走。

【卷二】

南宋詞選

采桑子

呂本中

恨君不似江樓月，南北東西，南北東西，只有相隨無別離。

恨君卻似江樓月，暫滿還虧，暫滿還虧，待得團圓是幾時。

君—這裡指詞人的妻子。

南北東西—指月亮普照大地。

江樓—江邊的樓閣。

暫滿還虧—指月亮短暫的圓滿之後又會有缺。

滿—月圓。

虧—月缺。

憶王孫◎春詞

李重元

萋萋芳草憶王孫，
柳外樓高空斷魂。
杜宇聲聲不忍聞。
欲黃昏，雨打梨花深閉門。

萋萋—形容草木茂盛的樣子。
王孫—詩詞中對男子的稱呼。
杜宇—杜鵑鳥。
欲—將要。

臨江仙

陳與義

高詠楚辭酬午日，天涯節序匆匆。
榴花不似舞裙紅。
無人知此意，歌罷滿簾風。

萬事一身傷老矣，戎葵凝笑牆東。
酒杯深淺去年同。
試澆牆下水，今夕到湘中。

午日—端午弔祭屈原，故詠《楚辭》。

節序—節令。

「榴花」句—舞裙比石榴更紅。這是懷念昔時之意。

傷老—自傷年華老去。

戎葵—即蜀葵。

「試澆」二句—古人以酒澆地以示祭奠，屈原投江死，故以酒澆水弔之。

臨江仙◎夜登小閣憶洛中舊遊

陳與義

憶昔午橋橋上飲，座中多是豪英。
長溝流月去無聲。
杏花疏影裡，吹笛到天明。
二十餘年如一夢，此身雖在堪驚。
閒登小閣看新晴。
古今多少事，漁唱起三更。

午橋—在洛陽縣南十里，《新唐書》載裴度有別墅在此。
豪英—此指文人雅士，作者的朋友。
「長溝」句—指時光如流水悄然逝去。

堪驚—可驚。

新晴—雨後初晴。
漁唱—打漁人的歌兒。
三更—古代以刻漏計時，三更即午夜時分。

蒼梧謠

蔡伸

天。
休使圓蟾照客眠。
人何在，桂影自嬋娟。

圓蟾—圓月。

桂影—相傳月中有桂樹。

「人何在」二句—是說月中桂影婆娑，月下卻不見伊人倩影。

柳梢青

蔡伸

數聲鶗鴃，可憐又是，春歸時節。
滿院東風，海棠鋪繡，梨花飄雪。
丁香露泣殘枝，算未比、愁腸寸結。
自是休文，多情多感，不干風月。

鶗鴃—杜鵑的別名，啼聲淒厲。

休文—沈約字休文，南朝吳興武康人，出身於門閥士族之家，先後仕於宋齊梁三朝，然鬱鬱不得志，病體瘦弱。自己像體文樣鬱結愁腸形體消瘦，是因為壯志難酬。

不干風月—與風花雪月無關。

賀新郎

張元幹

夢繞神州路。
悵秋風，連營畫角，故宮離黍。
底事崑崙傾砥柱，九地黃流亂注？
聚萬落千村狐兔。
天意從來高難問，
況人情老易悲難訴。
更南浦，送君去。
涼生岸柳催殘暑。

神州—古代稱中國為赤縣神州，此指中原淪陷地區。

畫角—軍中所用的號角，繪有彩飾。

故宮離黍—故都的宮殿裡長滿野生的穀物。指亡國之悲。

底事—何事。

「崑崙」二句—相傳崑崙山有銅柱支撐著天，所謂天柱也；共工與顓頊爭天子失敗，怒觸不周山（即崑崙山）撞斷天柱。

九地，遍地。

黃流亂注，指黃河泛濫成災。

此二句暗示北宋王朝崩潰，金兵入侵帶給人民的災難。

落—村落。

耿斜河、疏星淡月，斷雲微度。
萬里江山知何處？
回首對床夜語。
雁不到、書成誰與？
目盡青天懷今古，
肯兒曹恩怨相爾汝？
舉大白，聽金縷。

狐兔—狐狸野兔，此指金兵盤據。

「天意」二句—用杜甫「天意高難問，人情老易悲」詩句。

天意，南宋皇帝的意旨。

南浦—指送別處。

耿斜河—明亮的銀河。

對床夜語—知己好友徹夜談心。

肯—豈能。

兒曹—小兒輩。

爾汝—彼此以你我相稱，表示親密。

大白—酒杯。

金縷—《金縷曲》乃《賀新郎》的別名。

蘭陵王◎春恨

張元幹

卷珠箔，朝雨輕陰乍閣。
闌干外，煙柳弄晴，
芳草侵階映紅藥。
東風妒花惡，吹落梢頭嫩萼。
屏山掩、沉水倦熏，
中酒心情怯杯勺。
尋思舊京洛，
正年少疏狂，歌笑迷著。

卷珠箔—捲起珠簾。
乍閣—剛剛停止，指早晨的雨剛停。
侵階—指台階上長草。
紅藥—芍藥花。
屏山—屏風曲折如重山疊嶂，或因屏風上繪有山水，故名。
沉水—檀香名。
中酒—病酒，因飲酒過度而不舒服。
杯勺—盛酒之器，用以代表酒。
舊京洛—淪陷前的京城，此指北宋皇城汴京。
迷著—如癡如醉。

障泥油壁催梳掠，
曾馳道同載，上林攜手，
燈夜初過早共約，
又爭信漂泊？
寂寞，念行樂。
甚粉淡衣襟，音斷弦索。
瓊枝璧月春如昨。
悵別後華表，那回雙鶴。
相思除是，向醉裡、暫忘卻。

障泥－馬腹上遮泥的布墊，此處即指馬。

油壁－用香料塗飾車壁，供女子乘坐的車子。

催梳掠－催促美人快點梳妝出發。

馳道－皇帝車駕行經之路。

上林－上林苑，此處借指為汴京的園林。

爭信－怎想得到。

粉淡衣襟－衣襟上粉香日漸消淡，表示和美人分離已久。

弦索－指樂器。

瓊枝璧月－花好如玉，月圓如璧，比喻美好生活。

華表－設在陵墓或宮殿城牆上的石柱。

那回雙鶴－用丁令威化鶴成仙的典故。

柳梢青

揚無咎

茅舍疏籬。
半飄殘雪，斜臥低枝。
可更相宜，
煙籠修竹，月在寒溪。

寧寧佇立移時。
判瘦損、無妨為伊。
誰賦才情，畫成幽思，寫入新詩。

殘雪—喻飄落的梅瓣。

可—是否。

寧寧—神情專注貌。

移時—形容時間經過之久。

判—同「拚」，捨得。

伊—指梅花。

水調歌頭

葉夢得

秋色漸將晚，霜信報黃花。

小窗低戶深映，微路繞敧斜。

為問山翁何事，

坐看流年輕度，拚卻鬢雙華。

徙倚望滄海，天淨水明霞。

念平昔，空飄蕩，遍天涯。

歸來三徑重掃，松竹本吾家。

卻恨悲風時起，

黃花—指菊花。

小窗低戶—指房舍簡陋。

微路—小路。

山翁—晉人山簡，此為作者自比。

坐看—徒然觀看。

拚卻—不顧一切，甘願。

徙倚—徘徊。

滄海—此指太湖。

平昔—往日。

「歸來」句—歸隱田園。三徑，指隱士居處的小路。

悲風—寒風。

冉冉雲間新雁，邊馬怨胡笳。
誰似東山老，談笑淨胡沙。

冉冉—形容大雁緩緩飛行的樣子。
新雁—指最初南歸之雁。
東山老—指東晉謝安，出仕後仍念念不忘歸隱東山。
胡沙—指胡人發動的戰爭。

點絳唇

汪藻

新月娟娟，夜寒江靜山銜斗。
起來搔首，梅影橫窗瘦。
好個霜天，閒卻傳杯手。
君知否？
亂鴉啼後，歸興濃於酒。

娟娟—明媚美好的樣子。

山銜斗—北斗七星低垂，彷彿被山銜住。

搔首—以手搔頭，若有所思的樣子。

霜天—嚴寒的天氣。

「閒卻」句—無人陪伴飲酒。傳杯，宴飲時傳遞酒杯勸酒。

亂鴉啼後—此喻小人聒噪中傷。

喜遷鶯

劉一止

曉光催角。
聽宿鳥未驚，鄰雞先覺。
迤邐煙村，馬嘶人起，
殘月尚穿林薄。
淚痕帶霜微凝，酒力衝寒猶弱。
歎倦客，悄不禁重染，風塵京洛。
追念人別後，
心事萬重，難覓孤鴻託。

角—號角聲。

林薄—草木叢生的地方。

悄不禁—全未料到。

風塵京洛—比喻世俗的汙垢。

人—此指妻子。

孤鴻—喻捎信人。

翠幌嬌深，曲屏香暖，
爭念歲華飄泊。
怨月恨花煩惱，不是不曾經著。
者情味、望一成消減，新來還惡。

幌—布幔。

曲屏—可折放的屏風。

怨月恨花—怨恨花好月圓、隻身孤影之意。

經著—經歷、嘗過。

「者情味」二句—這般滋味，只盼能漸漸淡去，近來卻更嚴重地折磨我。

飲馬歌

曹勳

此腔自虜中傳至邊，飲牛馬即橫笛吹之，不鼓不拍，聲甚淒斷。聞兀朮每遇對陣之際，吹此則鏖戰無還期也。

邊頭春未到，雪滿交河道。
暮沙明殘照，塞烽雲間小。
斷鴻悲，隴月低，淚濕征衣悄。
歲華老。

邊頭—邊地。

交河—馬邑川，位於新疆。

隴月—高地上的月亮。

歲華老—感嘆年華老去。

滿江紅

岳飛

怒髮衝冠，
憑欄處，瀟瀟雨歇。
抬望眼，仰天長嘯，壯懷激烈。
三十功名塵與土，八千里路雲和月。
莫等閒，白了少年頭，空悲切。
靖康恥，猶未雪；
臣子恨，何時滅。
駕長車，踏破賀蘭山缺。

怒髮衝冠—形容憤怒至極。冠指帽子。

瀟瀟—形容雨勢急驟。

抬望眼—抬頭遠望。

長嘯—情緒激動時撮口發出清而長的聲音。

塵與土—比喻微不足道。

「八千」句—形容南征北戰、路途遙遠。

靖康恥—靖康元年金兵攻破汴京，徽、欽二帝被擄，北宋滅亡。

長車—兵車。

壯志飢餐胡虜肉，
笑談渴飲匈奴血。
待從頭，收拾舊山河，朝天闕。

踏破－比喻直搗黃龍，消滅金兵。
缺－山口。
朝天闕－朝見皇帝。天闕，皇帝的住所。

小重山

岳飛

昨夜寒蛩不住鳴。驚回千里夢，已三更。起來獨自繞階行。人悄悄，簾外月朧明。

白首為功名。舊山松竹老，阻歸程。欲將心事付瑤琴。知音少，弦斷有誰聽？

寒蛩—深秋的蟋蟀。

千里夢—指夢迴中原。

悄悄—憂愁孤寂貌。

舊山—故鄉。

老—一指終老，也有功業未成、時不我予的感慨。

「知音」二句—用伯牙、子期之典，表達知音難覓之意。

水龍吟

朱敦儒

放船千里凌波去。
略為吳山留顧。
雲屯水府，濤隨神女，九江東注。
北客翩然，壯心偏感，年華將暮。
念伊嵩舊隱，巢由故友，
南柯夢、遽如許。
回首妖氛未掃，
問人間、英雄何處？

吳山—吳地諸山。

水府—本為星宿名，主水之官，此處借指水。

九江—指長江匯合眾流，九泛指多數。

北客—作者自謂。

伊嵩舊隱—昔日在洛陽隱居之地。

巢由故友—一同隱居的老友。巢，巢父；由，許由，都是古代隱者。

南柯夢—唐代李公佐《南柯太守傳》載，淳于棼夢入大槐安國，被招為駙馬，當了南

奇謀報國，可憐無用，塵昏白羽。
鐵鎖橫江，錦帆衝浪，孫郎良苦。
但愁敲桂棹，悲吟梁父，淚流如雨。

柯太守，醒來後才知，大槐安國只是槐樹下的蟻穴。

遽—迅速。

妖氛—指金兵。

塵昏白羽—指戰局不利。

「鐵鎖」句—三國吳主孫皓曾以鐵鎖封江，阻擋晉水師東下。

錦帆—戰船。

孫郎—指孫皓。此處暗喻宋為金所迫局面。

桂棹—桂木製成的船槳。

梁父—即《梁父吟》，樂府篇名，相傳諸葛亮好吟之。此以諸葛亮自比，有憂國傷時之意。

鷓鴣天【二首．其二】

朱敦儒

檢盡曆頭冬又殘，愛他風雪忍他寒。
拖條竹杖家家酒，上個籃輿處處山。
添老大，轉癡頑。
謝天教我老來閒。
道人還了鴛鴦債，紙帳梅花醉夢間。

檢—檢閱，查看。
曆頭—記載年、月、日、時、節氣等可供查考的書。
籃輿—竹轎。

添老大—年歲漸增。

鴛鴦債—比喻情侶間未了卻的宿願。
紙帳梅花—同梅花紙帳。宋林洪《山家清供》提及「…其上作大方形帳頂，四周用細白布製成帳罩，中置布單、楮衾、菊枕、蒲褥。」陳設樸素卻有味。

【二首・其二】

我是清都山水郎，天教分付與疏狂。
曾批給雨支風券，累上留雲借月章。
詩萬首，酒千觴。
幾曾著眼看侯王。
玉樓金闕慵歸去，且插梅花醉洛陽。

清都—傳說中天帝的居處。

山水郎—為天帝掌管山水的侍從。

疏狂—放任不羈。

券—古代的契據，分為兩半，雙方各執其一。

章—奏本。

著眼—注視。

「玉樓」句—不願到那瓊樓玉宇之中，表示作者不願到朝裡做官。

好事近

朱敦儒

搖首出紅塵，醒醉更無時節。
活計綠蓑青笠，慣披霜衝雪。
晚來風定釣絲閒，上下是新月。
千里水天一色，看孤鴻明滅。

搖首—搖頭。

「活計」句—指靠打漁維生。綠蓑青笠，漁人的裝扮。

「上下」句—水裡映出天上的新月。

孤鴻明滅—一隻鴻雁時隱時現。

相見歡

朱敦儒

金陵城上西樓，倚清秋。
萬里夕陽垂地，大江流。
中原亂，簪纓散，幾時收？
試倩悲風吹淚，過揚州。

金陵—南京。

城上西樓—西門上的城樓。

倚清秋—倚著闌干看清冷的秋色。

中原亂—指欽宗靖康二年金人占領中原地區的動亂。

簪纓散—貴族士大夫四散奔逃。簪纓，古代達官貴人的帽飾，用來將冠固定在頭上，此處代指士族。

收—收復國土。

倩—請。

西江月【二首·其二】

朱敦儒

世事短如春夢，人情薄似秋雲。
不須計較苦勞心，萬事原來有命。
幸遇三杯酒好，況逢一朵花新。
片時歡笑且相親，明日陰晴未定。

春夢—比喻短暫且容易消失的美好經驗。
計較—算計之意。
有命—指命中注定。
且—姑且、聊且。

【二首・其二】

日日深杯酒滿，朝朝小圃花開。
自歌自舞自開懷，且喜無拘無礙。
青史幾番春夢，黃泉多少奇才。
不須計較與安排，領取而今現在。

深杯酒滿—形容飲興酣暢。

「青史」二句—人類的歷史不過是幾場短短的春夢累雜而成，再了不起的奇士賢才也不免歸於黃泉。

卜算子

嚴蕊

不是愛風塵，似被前緣誤。
花落花開自有時，總賴東君主。
去也終須去，住也如何住？
若得山花插滿頭，莫問奴歸處。

風塵—花街柳巷的生活。
似被前緣誤—似是前世命中注定。
東君—司春之神。作者被朱熹以有傷風化罪名下獄，寫此詞給繼任的岳霖，申訴自己無罪。東君在此即指岳霖。
主—作主。
去—指離開牢獄之災。
「山花」句—指獲釋後自由自在生活。

念奴嬌◎過洞庭

張孝祥

洞庭青草，近中秋，更無一點風色。
玉鑑瓊田三萬頃，著我扁舟一葉。
素月分輝，明河共影，表裡俱澄澈。
悠然心會，妙處難與君說。

應念嶺表經年，孤光自照，肝膽皆冰雪。
短髮蕭騷襟袖冷，穩泛滄浪空闊。

風色—風勢。

玉鑑瓊田—形容湖水光潔如玉。鑑，鏡子。

明河—銀河。

表裡—裡外。

嶺表經年—在嶺南過了一年。嶺表，五嶺以南，今兩廣地區。

孤光—月光。

蕭騷—本指蕭條淒涼，此處

盡挹西江，細斟北斗，萬象為賓客。

扣舷獨嘯，不知今夕何夕。

形容頭髮稀疏。

「盡挹西江」三句－以西江水當酒、一吸而盡，用北斗星舀酒來喝，萬物都是我的賓客。

扣舷－以手指敲著船邊。

嘯－撮口作聲。

「不知」句－讚歎夜色美好，使人沉醉，竟忘了一切。

西江月

張孝祥

問訊湖邊春色，重來又是三年。
東風吹我過湖船，楊柳絲絲拂面。
世路如今已慣，此心到處悠然。
寒光亭下水如天，飛起沙鷗一片。

問訊—問候。
湖—指三塔湖。
過湖船—駛過湖面的船。
寒光亭—在三塔湖邊。

水調歌頭◎和龐佑父

張孝祥

雪洗虜塵靜，風約楚雲留。
何人為寫悲壯，吹角古城樓。
湖海平生豪氣，關塞如今風景，
剪燭看吳鉤。
剩喜燃犀處，駭浪與天浮。
憶當年，周與謝，富春秋。
小喬初嫁，香囊未解，勳業故優遊。
赤壁磯頭落照，肥水橋邊衰草，

龐佑父—生平事蹟不詳。

雪洗—洗刷。
虜塵—胡虜揚起的沙塵。
吹角—奏軍樂，此象徵勝利凱歌。
湖海—三國時人稱陳登為湖海之士，作者以陳登自比。
「剪燭」句—夜間點燈看著寶刀。吳鉤，古代兵器，似劍而曲。
燃犀—東晉溫嶠曾燃犀角照采石磯下，見衆多水族怪物。燃犀有照妖之意。
周與謝—三國吳周瑜與東晉謝玄。
富春秋—指年富力強。周瑜三十四歲在赤壁之戰擊潰曹操軍，謝玄四十一歲在淝水之

渺渺喚人愁。

我欲乘風去，擊楫誓中流。

戰擊敗前秦苻堅大軍。

小喬初嫁—吳國喬公的小女兒嫁給周瑜。

香囊未解—謝玄少時好佩香囊。

優遊—從容。

乘風去—表示志向遠大。

「擊楫」句—晉祖逖渡江北伐，用船槳擊打江水發誓，以示掃蕩中原的決心。

霜天曉角◎題采石蛾眉亭

韓元吉

倚天絕壁，直下江千尺。
天際兩蛾凝黛，
愁與恨，幾時極？

怒潮風正急，酒醒聞塞笛。
試問謫仙何處？
青山外，遠煙碧。

蛾眉亭—位於安徽當塗牛渚山下長江邊采石磯上，遙望天門二山對立如蛾眉。

愁與恨—古人常把美人的蛾眉描繪成含愁凝恨的樣子。

極—窮盡。

塞笛—邊防軍隊裡吹奏的笛聲。

謫仙—李白晚年住在當塗，且病逝於此。

青山—在采石磯附近，有李白墓。

卜算子◎詠梅

陸游

驛外斷橋邊，寂寞開無主。
已是黃昏獨自愁，更著風和雨。
無意苦爭春，一任群芳妒。
零落成泥碾作塵，只有香如故。

驛—驛站。
無主—不屬於任何人。
更著—又加上。
苦—苦苦地、極力。
一任—任憑。
群芳—普通的花。

釵頭鳳

陸游

紅酥手，黃縢酒，滿城春色宮牆柳。
東風惡，歡情薄。
一懷愁緒，幾年離索。
錯！錯！錯！

春如舊，人空瘦，淚痕紅浥鮫綃透。
桃花落，閒池閣。
山盟雖在，錦書難托。
莫！莫！莫！

紅酥手—形容手紅潤且白嫩。酥，用牛羊乳製成的食品。
黃縢酒—用黃紙或黃絹封罈口的酒，又名黃封酒。
宮牆柳—比喻前妻唐琬像宮牆內的楊柳，可望而不可即。
「東風惡」二句—借東風吹落枝頭花朵，比喻好景不常。
離索—離散孤單。
浥—打溼。
鮫綃—絲手絹。
山盟—盟誓如山不可移。
錦書—傳情的書信。
莫莫莫—罷了，罷了。

夜遊宮◎記夢寄師伯渾

陸游

雪曉清笳亂起，夢遊處、不知何地？鐵騎無聲望似水。想關河，雁門西，青海際。

睡覺寒燈裡，漏聲斷、月斜窗紙。自許封侯在萬里。有誰知，鬢雖殘，心未死。

師伯渾—隱居不仕，與陸游相識於眉山。
雪曉—下雪的早晨。
無聲—古代夜行軍，令士卒口中銜枚，故無聲。
想—想像。
關河—關塞河防，泛指戰地疆場。
雁門—雁門關。
青海際—指青海湖。際，指湖邊。
睡覺—睡醒。
漏聲斷—滴漏聲將盡，天快亮了。
封侯在萬里—指在邊疆建功，取得王侯爵位等封賞。
鬢雖殘—鬢髮斑白，喻衰老。

漁家傲◎寄仲高

陸游

東望山陰何處是？往來一萬三千里。
寫得家書空滿紙。
流清淚，書回已是明年事。
寄語紅橋橋下水，扁舟何日尋兄弟？
行遍天涯真老矣。
愁無寐，鬢絲幾縷茶煙裡。

仲高—陸游的堂兄陸升之，字仲高。

山陰—陸游的故鄉，今浙江紹興。

紅橋—又名虹橋，在山陰近郊。

愁無寐—因憂愁而失眠。

鬢絲—鬢邊的絲絲白髮。

鵲橋仙

陸游

一竿風月，一蓑煙雨，家在釣臺西住。

賣魚生怕近城門，況肯到紅塵深處？

潮生理棹，潮平繫纜，潮落浩歌歸去。

時人錯把比嚴光，我自是無名漁父。

釣臺—相傳為東漢隱士嚴光隱居垂釣之處，在浙江桐廬縣南，富春江邊。

生怕—特別怕。

紅塵深處—熱鬧繁華的地方。

浩歌—放聲高歌。

嚴光—字子陵，與東漢光武帝劉秀是同窗好友，但婉拒劉秀的延聘，隱居富春山。後世人稱富春山為「嚴陵山」，又稱其垂釣處為「嚴陵瀨」，其垂釣蹲坐之石為「子陵釣臺」。

漁父—捕魚的老人。

訴衷情

陸游

當年萬里覓封侯，匹馬戍梁州。
關河夢斷何處？塵暗舊貂裘。
胡未滅，鬢先秋，淚空流！
此生誰料，心在天山，身老滄州。

萬里覓封侯－想在疆場建功立業。

戍梁州－陸游曾任川陝宣撫使王炎幕府。戍，防守。

關河－關塞河川，泛指沙場邊疆。

「塵暗」句－在軍隊裡穿的皮衣，多年不用已陳舊了。表示長期閒散，沒有建立功業的機會。

鬢先秋－鬢髮白如秋霜。

天山－在新疆境內，此處代指邊塞地區。

滄州－水邊陸地，常指隱士居住之地。這裡指陸游退隱所住的鏡湖之濱。

定風波 ◎進賢道上見梅贈王伯壽

陸游

敧帽垂鞭送客回，小橋流水一枝梅。
衰病逢春都不記。誰謂？
幽香卻解逐人來。

安得身閒頻置酒，攜手，
與君看到十分開。
少壯相從今雪鬢，因甚？
流年羈恨兩相催。

王伯壽—作者友人。

敧帽垂鞭—歪戴著帽子，垂著馬鞭。

不記—忘懷。

誰謂—誰知。

解—送。

逐人—向人。

置酒—置辦美酒。

十分開—形容梅花怒放盛開。

因甚—為什麼。

流年—光陰。

羈恨—客居異地的愁苦煩惱。

醉落魄

范成大

棲烏飛絕，絳河綠霧星明滅。

燒香曳簟眠清樾。

花影吹笙，滿地淡黃月。

好風碎竹聲如雪，昭華三弄臨風咽。

鬢絲撩亂綸巾折。

涼滿北窗，休共軟紅說。

絳河—銀河。

曳簟—拖著竹蓆。

清樾—清涼的樹蔭。

花影吹笙—在花影下吹笙。

昭華—古樂器名。傳說秦咸陽宮有玉管，上刻有「昭華之琯」，此指笙。

弄—一指奏樂，又指一曲為一弄。

綸巾—以青絲帶做成的頭巾。

北窗—喻悠閒自得。

軟紅—指紅塵。

眼兒媚

◎萍鄉道中乍晴，臥輿中，困甚，小憩柳塘。

范成大

酣酣日腳紫煙浮，妍暖破輕裘。
困人天色，醉人花氣，午夢扶頭。

春慵恰似春塘水，一片縠紋愁。
溶溶曳曳，東風無力，欲皺還休。

萍鄉—今江西萍鄉市。
酣酣—暖和酣暢貌。
日腳—雲縫間斜射到地面的日光。
紫煙—地表上映照日光的水氣。
妍暖—和暖。
輕裘—輕暖的皮衣。
天色—即天氣。
扶頭—本指一種使人易醉的酒，此指昏昏沉沉的樣子。
縠紋—水波的細紋。
縠，皺紗。
溶溶曳曳—春水蕩漾的樣子。
休—止。

霜天曉角◎梅

范成大

晚晴風歇，一夜春威折。脈脈花疏天淡，雲來去，數枝雪。

勝絕，愁亦絕。此情誰共說。唯有兩行低雁，知人倚、畫樓月。

春威—料峭春寒的威力。

脈脈—形容梅花含情不語的樣子。

數枝雪—枝頭幾朵梅花，彷彿覆蓋幾點白雪。

勝絕—非常美麗。

低雁—低飛的鴻雁。

摸魚兒

◎淳熙己亥，自湖北漕移湖南，同官王正之置酒小山。辛棄疾

更能消、幾番風雨。匆匆春又歸去。惜春長恨花開早，何況落紅無數。春且住。見說道、天涯芳草迷歸路。怨春不語。算只有殷勤，畫檐蛛網，盡日惹飛絮。長門事，準擬佳期又誤。

淳熙己亥—宋孝宗淳熙六年，辛棄疾時年四十歲。

漕—漕司的簡稱。漕司即轉運司，掌財賦、糧餉轉運等事務。

同官王正之—作者調離湖北轉運副使後，由王正之接任原來職務，故稱「同官」。

消—消受。

住—停步。

見說—聽說。

算—料想。

畫檐—有彩畫的屋檐。

飛絮—紛飛的柳絮。

長門事—漢陳皇后失寵，請

蛾眉曾有人妒。
千金縱買相如賦，脈脈此情誰訴。
君莫舞。
君不見、玉環飛燕皆塵土。
閒愁最苦。
休去倚危闌，斜陽正在，煙柳斷腸處。

司馬相如作《長門賦》以悟武帝，陳皇后因而復得親幸。
準擬—約定。
脈脈—綿長深厚。
君—指善妒之人。

水龍吟◎登建康賞心亭

辛棄疾

楚天千里清秋，水隨天去秋無際。遙岑遠目，獻愁供恨，玉簪螺髻。落日樓頭，斷鴻聲裡，江南遊子。把吳鉤看了，闌干拍遍，無人會，登臨意。

休說鱸魚堪膾，儘西風，季鷹歸未？

建康—今南京。

賞心亭—下臨秦淮，有觀賞之勝。

清秋—晴朗的秋日。

遙岑—遠山。

玉簪螺髻—形容遠山秀美，如碧玉簪、青螺髻。

斷鴻—失群孤雁。

江南遊子—作者自稱。

吳鉤—古兵器，似劍而曲，如鉤。

闌干拍遍—表示情緒激憤的樣子。

鱸魚堪膾—西晉張翰為官洛陽，秋日思吳中蓴羹鱸膾，因而棄職還鄉。此處用張翰思歸自喻。

求田問舍，怕應羞見，劉郎才氣。
可惜流年，憂愁風雨，樹猶如此！
倩何人喚取，紅巾翠袖，搵英雄淚？

季鷹－張翰字。
求田問舍－購買田地和房舍。
劉郎－劉備。
三國時劉備責許汜只知購置田產而無救世之意。
樹猶如此－當年所種之樹已長大成材，人卻在歲月蹉跎中老去。
東晉桓溫北征，見昔日所種柳樹粗已十圍，嘆道：「樹猶如此，人何以堪！」
倩－請。
紅巾翠袖－指歌女。
搵－擦拭。

水龍吟◎過南劍雙溪樓

辛棄疾

舉頭西北浮雲，
倚天萬里須長劍。
人言此地，夜深長見，斗牛光焰。
我覺山高，潭空水冷，月明星淡。
待燃犀下看，憑闌卻怕，
風雷怒，魚龍慘。
峽東蒼江對起，
過危樓，欲飛還斂。

南劍—即南劍州。

雙溪樓—在南劍州府城東。

西北浮雲—指盤據北方的金人。

「倚天」句—指收復河山需要倚天長劍。

斗牛光焰—寶劍的光芒直沖上天。斗牛，星宿名。《晉書》載張華見斗宿和牛宿間常有紫氣，請教通曉天文的雷煥，知為劍氣，遂在豫章豐城掘得雙劍，上刻有龍泉、太阿之名。

燃犀—燃起犀角，照妖之意。

峽東—形容山峽逼仄。

元龍老矣！不妨高臥，冰壺涼簟。千古興亡，百年悲笑，一時登覽。問何人又卸，片帆沙岸，繫斜陽纜？

元龍—三國名士陳登，深沉有謀略，少有扶世濟民之志。此處為作者以陳登自比。

百年悲笑—指人生百年中的遭遇。

卸—解落，卸下。

繫斜陽纜—在夕陽下繫纜。

賀新郎◎別茂嘉十二弟

辛棄疾

綠樹聽鵜鴂，
更那堪、鷓鴣聲住，杜鵑聲切。
啼到春歸無尋處，苦恨芳菲都歇。
算未抵、人間離別。
馬上琵琶關塞黑，
更長門翠輦辭金闕。
看燕燕，送歸妾。
將軍百戰身名裂，

茂嘉—辛棄疾的堂弟。

鵜鴂—此指伯勞。

芳菲都歇—百花都謝了。

算—料想。

未抵—比不上。

馬上琵琶—用漢代王昭君遠嫁匈奴事。

關塞黑—形容邊塞荒涼。

長門—漢武帝陳皇后失寵後居住的宮殿。

翠輦—用翠羽裝飾的宮車。

歸妾—送別被休棄回娘家的小妾。

「將軍」句—指西漢李陵率

向河梁、回頭萬里，故人長絕。
易水蕭蕭西風冷，滿座衣冠似雪，
正壯士、悲歌未徹。
啼鳥還知如許恨，
料不啼清淚長啼血。
誰共我，醉明月？

五千步兵與匈奴八萬軍隊激戰，因寡不敵眾而降。

河梁—橋。

故人長絕—和老友訣別。李陵和返回漢朝的蘇武訣別，有「異域之人，一別長絕」之言。

「易水」二句—用荊軻刺秦王易水送別之事。

壯士—指荊軻。

還知—若知。

賀新郎

辛棄疾

邑中園亭，僕皆為賦此詞。一日，獨坐停雲，水聲山色，競來相娛。意溪山欲援例者，遂作數語，庶幾彷彿淵明思親友之意云。

甚矣吾衰矣。
悵平生、交遊零落，只今餘幾？
白髮空垂三千丈，一笑人間萬事。
問何物、能令公喜？
我見青山多嫵媚，
料青山見我應如是。
情與貌，略相似。

邑—指鉛山縣。辛棄疾在此有別墅。

僕—辛棄疾自稱。

停雲—停雲堂。在瓢泉別墅。

甚矣吾衰矣—我衰老得很厲害了。《論語．述而》有「子曰：『甚矣吾衰也！久矣吾不復夢見周公。』」夢見周公，欲行其道。此句有「吾道不行」之意。

公—作者自稱。

嫵媚—瀟灑多姿。

一尊搔首東窗裡，想淵明停雲詩就，此時風味。江左沉酣求名者，豈識濁醪妙理。回首叫、雲飛風起。不恨古人吾不見，恨古人不見吾狂耳。知我者，二三子。

一尊—一杯酒。

搔首—以手抓頭，表示等候已久，內心煩急。晉陶淵明《停雲》詩：「靜寄東軒，春醪獨撫。良朋悠邈，搔首延佇。」

江左—此指偏安於江左的南朝東晉。

濁醪妙理—指酒中真趣。醪，酒汁酒滓相混合的酒，如今之酒釀。

雲飛風起—典出劉邦《大風歌》：「大風起兮雲飛揚。」

二三子—二三個知己，孔子每以此語稱門下弟子。

鷓鴣天◎鵝湖歸，病起作。

辛棄疾

枕簟溪堂冷欲秋，斷雲依水晚來收。紅蓮相倚渾如醉，白鳥無言定自愁。

書咄咄，且休休，一丘一壑也風流。不知筋力衰多少，但覺新來懶上樓。

鵝湖—山名，在今山西鉛山縣東北。

溪堂—築在溪流邊的閣樓。溪指玉溪，即信江。

白鳥—指白鷺。

書咄咄—用手指在空中書寫，此形容失意感嘆。

且—姑且。

休休—安於隱居。

一丘一壑—指寄情山水。

風流—指瀟灑自在。

鷓鴣天

◎代人賦

辛棄疾

陌上柔條初破芽，東鄰蠶種已生些。
平岡細草鳴黃犢，斜日寒林點暮鴉。
山遠近，路橫斜。
青旗沽酒有人家。
城中桃李愁風雨，春在溪頭薺菜花。

代人賦－替別人作詞，實抒發己意。

陌上－田間路上。

柔條－開始發芽的桑樹。

破－指桑芽裂苞吐葉。

些－細小，此借指蟻蠶。

平岡－平坦的山岡。

黃犢－小黃牛。

青旗－賣酒小店的青色布招。

菩薩蠻◎書江西造口壁

辛棄疾

鬱孤臺下清江水，中間多少行人淚。
西北望長安，可憐無數山。
青山遮不住，畢竟東流去。
江晚正愁予，山深聞鷓鴣。

造口—即皂口，江西萬安縣西南六十里處，為皂口溪與贛江會合處。

鬱孤臺—在江西贛州西南的賀蘭山上，以「隆阜鬱然，孤起平地數丈」得名。

行人—指流離失所的人民。一指四十年前金人追擊隆裕太后至皂口，太后捨舟登陸，逃到虔州。

長安—唐朝都城，此處代指北宋京城汴京。

正愁予—正使我發愁。

鷓鴣—鳥鳴聲似「行不得也哥哥」，此喻復行無望。

木蘭花慢◎滁州送范倅

辛棄疾

老來情味減，對別酒，怯流年。
況屈指中秋，十分好月，不照人圓。
無情水都不管，
共西風、只管送歸船。
秋晚蓴鱸江上，夜深兒女燈前。
征衫，便好去朝天，玉殿正思賢。
想夜半承明，留教視草，卻遣籌邊。
長安故人問我，

「滁州」句—作者在滁州任上，為送同事范倅赴臨安而作。

情味減—意緒懶散。

別酒—餞別的酒宴。

怯流年—對年華流逝感到心驚。

屈指—彎起指頭數算。

蓴鱸—指家鄉的美味。

兒女燈前—與家人兒女團聚。

征衫—此指范倅。

朝天—朝見天子。

承明—承明廬乃漢代朝臣值宿之所，此指朝廷草擬詔書的地方。

道愁腸殢酒只依然。
目斷秋霄落雁，醉來時響空弦。

視草—為皇帝草擬制詔之稿。
卻—或者。
籌邊—籌畫邊防軍務。
殢酒—耽於飲酒。
目斷—極目遠望。
秋霄—秋日的天空。
響空弦—扯響弓弦。

青玉案◎元夕

辛棄疾

東風夜放花千樹，更吹落，星如雨。
寶馬雕車香滿路。
鳳簫聲動，玉壺光轉，一夜魚龍舞。

蛾兒雪柳黃金縷，笑語盈盈暗香去。
眾裡尋他千百度。
驀然回首，那人卻在，燈火闌珊處。

元夕—農曆正月十五日元宵節。

花千樹—花燈掛滿枝頭。

星如雨—滿天煙花紛落如雨。

鳳簫—排簫，簫管排列參差如鳳翼。

玉壺—月光，一說用白玉圈片的燈。

魚龍舞—指舞動魚形、龍形的彩燈。

「蛾兒」句—皆古代婦女元宵節時佩戴的飾品。此指盛裝的婦女。

盈盈—姿態嬌美的樣子。

暗香—此指女子身上散發出的香氣。

千百度—千百遍。

驀然—猛然、忽然。

闌珊—零落。

清平樂◎村居

辛棄疾

茅檐低小，溪上青青草。
醉裡吳音相媚好，白髮誰家翁媼。
大兒鋤豆溪東，中兒正織雞籠。
最喜小兒無賴，溪頭臥剝蓮蓬。

吳音相媚好—江蘇一帶的人，講話的口音多帶「儂」字，說起話來悅耳好聽。媚好，軟柔悅耳。

翁媼—老公公、老婆婆。

鋤豆—在豆田裡鋤草。

無賴—此指頑皮淘氣的樣子。

清平樂◎獨宿博山王氏庵

辛棄疾

繞床饑鼠，蝙蝠翻燈舞。
屋上松風吹急雨，破紙窗間自語。
平生塞北江南，歸來華髮蒼顏。
布被秋宵夢覺，眼前萬里江山。

博山—今廣西廣豐縣內。
王氏庵—王氏人家的草屋。
翻燈舞—指蝙蝠圍燈翻飛。
自語—指風吹紙響。
塞北—泛指中原地區。
歸來—作者於淳熙八年被劾，落職歸隱。

滿江紅◎暮春

辛棄疾

家住江南，又過了、清明寒食。花徑裡、一番風雨，一番狼藉。紅粉暗隨流水去，園林漸覺清陰密。算年年、落盡刺桐花，寒無力。

庭院靜，空相憶。無說處，閒愁極。怕流鶯乳燕，得知消息。尺素如今何處也，彩雲依舊無蹤跡。謾教人、羞去上層樓，平蕪碧。

清明寒食－農曆的兩個節氣，清明在農曆四月五日至六日，寒食在清明節前一天。

狼藉－散亂、零散。

寒無力－指花朵嬌弱，無力附枝。

閒愁－難以言傳的愁緒。此處應為作者自喻不為南宋朝廷所重、壯志無從施展的失意。

「怕流鶯」二句－指痛恨奸佞流言落井下石。

尺素－音信。

彩雲－美人。此處暗指復國的理想。

謾－簡直。

平蕪碧－意謂歸路已為青草所阻斷。

西江月◎夜行黃沙道中

辛棄疾

明月別枝驚鵲，清風半夜鳴蟬。
稻花香裡說豐年，聽取蛙聲一片。
七八個星天外，兩三點雨山前。
舊時茅店社林邊，路轉溪橋忽見。

黃沙－黃沙嶺，在江西信州上饒之西。

別枝－橫斜的樹枝。一說揀枝。

茅店－客店。

社－農村祭祀土地神的地方。社林，即土地廟旁的樹林。

見－通「現」，發現，出現。

西江月◎遣興

辛棄疾

醉裡且貪歡笑，要愁那得工夫。
近來始覺古人書，信著全無是處。
昨夜松邊醉倒，問松我醉何如？
只疑松動要來扶，以手推松曰去。

「醉裡」句—指借酒澆愁，以醉忘憂。

「近來」二句—用《孟子．盡心下》中的「盡信書不如無書」句意。

何如—怎樣。

「只疑」二句—《漢書．龔勝傳》記載，漢哀帝時，丞相王嘉被誣有迷國罔上之罪，丞相龔勝認為判得太輕，夏侯常擬勸龔勝，勝以手推常曰：「去！」此處借龔語以寫醉態。

太常引◎建康中秋為呂叔潛賦

辛棄疾

一輪秋影轉金波，飛鏡又重磨。把酒問姮娥：被白髮、欺人奈何？乘風好去，長空萬里，直下看山河。斫去桂婆娑，人道是、清光更多。

呂叔潛－作者友人。

金波－形容明月浮動。

飛鏡－比喻圓月。

姮娥－月中仙女，即嫦娥。

斫－砍。

桂婆娑－傳說月中桂樹，高五百丈。婆娑，枝葉舞動的樣子。

破陣子◎為陳同甫賦壯詞以寄之

辛棄疾

醉裡挑燈看劍，夢回吹角連營。
八百里分麾下炙，五十弦翻塞外聲。
沙場秋點兵。
馬作的盧飛快，弓如霹靂弦驚。
了卻君王天下事，贏得生前身後名。
可憐白髮生。

陳同甫－南宋思想家、文學家，力主抗金，多次上書孝宗，反對偏安。

挑燈－撥亮燈芯，表示夜已深了。

吹角連營－軍中號角聲，響徹連綿廣闊的軍營，形容軍容浩壯。

「八百里」二句－將士們一邊烤著分到的牛肉，一邊彈奏塞上的豪放樂曲。八百里，一種名牛。麾下，即部下。五十弦，此處泛指樂器。翻，演奏。

的盧－名馬，性烈而勇猛。

霹靂－形容弓弦發射時的響聲。

了卻－完成。

天下事－指收復中原。

永遇樂◎京口北固亭懷古

辛棄疾

千古江山，英雄無覓，孫仲謀處。舞榭歌臺，風流總被，雨打風吹去。斜陽草樹，尋常巷陌，人道寄奴曾住。想當年，金戈鐵馬，氣吞萬里如虎。

元嘉草草，封狼居胥，贏得倉皇北顧。四十三年，望中猶記，烽火揚州路。

京口—今江蘇鎮江。北固山在鎮江城北一里，三面濱水，形勢險固，晉蔡謨起樓其上以貯軍實，謝安復營，即所謂北固樓。

孫仲謀—孫權字仲謀，吳郡富春人。東漢末，占江東稱帝，國號吳，曾建都京口。

舞榭歌臺—指孫權故宮。

風流—英雄事蹟之流風餘韻。

寄奴—南朝宋武帝劉裕字德輿，小字寄奴。劉裕先世由彭城移居京口，裕於此起兵討桓玄，滅東晉稱帝。

「想當年」三句—劉裕北伐，身跨戰馬、統領精銳大軍，氣吞萬里，威猛如虎。

「元嘉」三句—南朝宋文帝年號元嘉。狼居胥，山名，一名狼山。在今綏遠省五原縣西北。

可堪回首，佛貍祠下，一片神鴉社鼓。憑誰問，廉頗老矣，尚能飯否？

漢霍去病勝匈奴，封狼居胥山，後世因以封狼居胥為驅逐胡虜之意。宋文帝元嘉中，出師北伐，以國力未及，致遭挫敗，故曰「草草」。

四十三年—自作者南歸至出守京口，恰為四十三年。

「佛貍」二句—北魏太武帝小字佛貍，他擊敗王玄謨的北伐軍隊後，率兵直追到長江北岸的瓜步山，在山上建行宮，即後來的佛貍祠。

此句借北魏太武以喻金主亮南侵，而敵占領區的廟宇香火旺盛，表示土地、人民已非我所有。

神鴉，食祭品之鴉。

「廉頗」二句—引《史記．廉頗藺相如傳》句意，借廉頗自喻，尚祈朝廷能予重任也。

醜奴兒◎書博山道中壁

辛棄疾

少年不識愁滋味，愛上層樓。
愛上層樓，為賦新詞強說愁。
而今識盡愁滋味，欲語還休。
欲語還休，卻道天涼好個秋。

博山—辛棄疾閒居上饒之處。

層樓—高樓。

賦—作詩。

強說愁—無愁而勉強說愁。

「卻道」句—故意說得輕鬆。

南鄉子◎登京口北固亭有懷

辛棄疾

何處望神州？滿眼風光北固樓。
千古興亡多少事？悠悠。
不盡長江滾滾流。
年少萬兜鍪，坐斷東南戰未休。
天下英雄誰敵手？曹劉。
生子當如孫仲謀。

神州－這裡指中原地區。此處代指被金兵占據的中原。

北固樓－即北固亭。

年少－指孫權，他十九歲繼承其兄孫策的事業。

萬兜鍪－指千軍萬馬。兜鍪，頭盔，此處代指士兵。

坐斷－占據。

「天下」二句－出自《三國志‧蜀先主傳》記曹操謂劉備：「今天下英雄惟使君與操耳。」

敵手－實力相當的對手。

「生子」句－《三國志‧吳主傳》裴松之注記曹操曾嘆道：「生子當如孫仲謀。」

水龍吟

程垓

夜來風雨匆匆，
故園定是花無幾。
愁多怨極，等閒辜負，一年芳意。
柳困桃慵，杏青梅小，對人容易。
算好春長在，好花長見，
原只是、人憔悴。
回首池南舊事，
恨星星、不堪重記。

辜負—徒然錯過。

容易—草草的意思。

池南—指作者書舟書屋所在地。

星星—鬢髮花白。

如今但有，看花老眼，傷時清淚。
不怕逢花瘦，只愁怕、老來風味。
待繁紅亂處，留雲借月，
也須拚醉。

風味—滋味。

留雲借月—用朱敦儒《鷓鴣天》：「曾批給雨支風券，累奏留雲借月章。」指留住美好的時光。

拚—豁出去。

卜算子

石孝友

見也如何暮。別也如何遽。別也應難見也難，後會難憑據。

去也如何去。住也如何住。住也應難去也難，此際難分付。

如何（上片）—為何。
暮—晚、遲。
遽—急。
別也應難見也難—第一個「難」字是難過、難受、難耐，第二個「難」字有艱難、不容易的意思。
難憑據—沒有把握。
如何（下片）—怎樣。
分付—應付。

水龍吟◎春恨

陳亮

鬧花深處層樓，
畫簾半捲東風軟。
春歸翠陌，平莎茸嫩，垂楊金淺。
遲日催花，淡雲閣雨，輕寒輕暖。
恨芳菲世界，遊人未賞，
都付與、鶯和燕。
寂寞憑高念遠，
向南樓、一聲歸雁。

鬧花—盛開的花。

春歸翠陌—翠綠的田野。陌，田間小路，南北曰阡，東西曰陌。

平莎茸嫩—平野上細草柔嫩。茸，草初生的樣子。

金淺—淡淡的黃色。

遲日—長日。

閣雨—雨未落。閣同擱。

芳菲—芳草花香。

南樓—用東晉庾亮秋夜登南樓的典故。此處有抵禦外侮之意。

金釵鬥草，青絲勒馬，風流雲散。
羅綬分香，翠綃封淚，幾多幽怨？
正銷魂，又是疏煙淡月，子規聲斷。

金釵鬥草－賭以金釵的鬥草遊戲。
青絲勒馬－用青色絲線做馬絡頭。
羅綬分香－臨別時送愛人香羅帶作為紀念。
翠綃封淚－絲巾上留著離別的淚痕。
銷魂－情之所感如魂將離體。
子規－即杜鵑鳥。

沁園春◎寄辛承旨。時承旨招，不赴。

劉過

斗酒彘肩，風雨渡江，豈不快哉！
被香山居士，約林和靖，
與坡仙老，駕勒吾回。
坡謂西湖，正如西子，
濃抹淡妝臨照臺。
二公者，皆掉頭不顧，只管銜杯。
白云天竺去來，

辛承旨—即辛棄疾。

斗酒彘肩—《史記·項羽本紀》載，鴻門宴上，樊噲勇猛闖入，衛護劉邦，項王賜給他一斗酒和一隻生豬蹄膀，樊噲便割生肉就酒吃了。後借此形容豪氣干雲。彘，豬。

香山居士—白居易。

林和靖—林逋。

坡仙—蘇軾。

駕勒吾回—強壓我回去。

「坡謂」三句—蘇軾詠西湖句：「若把西湖比西子，淡妝濃抹總相宜。」照臺，鏡臺。

二公—指白居易、林逋。

天竺—寺名，在杭州。

圖畫裡、崢嶸樓閣開。
愛東西雙澗，縱橫水繞；
兩峰南北，高下雲堆。
逋曰不然，暗香浮動，
爭似孤山先訪梅。
須晴去，訪稼軒未晚，且此徘徊。

暗香浮動—林逋詠梅詩句：「疏影橫斜水清淺，暗香浮動月黃昏。」

須—等待。

唐多令

劉過

安遠樓小集，侑觴歌板之姬黃其姓者，乞詞於龍洲道人，為賦此《唐多令》。同柳阜之、劉去非、石民瞻、周嘉仲、陳孟參、孟容。時八月五日也。

蘆葉滿汀洲，寒沙帶淺流。
二十年重過南樓。
柳下繫舟猶未穩，能幾日，又中秋。
黃鶴斷磯頭，故人今在否？
舊江山渾是新愁。
欲買桂花同載酒，終不似，少年遊。

安遠樓—今武昌黃鵠山上。
小集—小宴。
侑觴—勸酒。
歌板—執板奏歌。
龍洲道人—劉過自號。
南樓—即安遠樓。
黃鶴磯斷—黃鶴磯，在武昌城西，上有黃鶴樓。磯斷，形容磯頭荒涼。
渾是—全是。

西江月◎賀詞

劉過

堂上謀臣尊俎，邊頭將士干戈。
天時地利人和，燕可伐歟曰可。
今日樓臺鼎鼐，明年帶礪山河。
大家齊唱大風歌，不日四方來賀。

賀詞—賀當國權相韓侂冑生日的詞。

尊俎—酒器，代指宴席。

邊頭—此指宋金兩國交界的邊境。

燕可伐歟曰可—出自《孟子．公孫丑下》：「沈同以其私問曰：燕可伐歟？孟子曰：可。」此處以燕借指金國。

樓臺—此處指宰相府第。

鼎鼐—鼎、鼐是古代烹調器具，後世以鼎鼐代指相位。

帶礪山河—《史記．高祖功臣侯年表序》載，漢高祖封臣誓曰：「使黃河如帶，泰山若礪，國以永寧，爰及苗裔。」意即就算有朝一日黃河狹如衣帶，泰山小於礪石，封國也不會滅絕。此句預祝明年戰勝加爵，傳之子孫。

大風歌—漢高祖劉邦還沛縣時所唱之歌。

點絳脣◎丁未冬，過吳松作。

姜夔

燕雁無心，太湖西畔隨雲去。

數峰清苦，商略黃昏雨。

第四橋邊，擬共天隨住。

今何許？

憑闌懷古，殘柳參差舞。

吳松—今江蘇吳縣。

燕雁—從北方飛來的雁。燕，泛指北方。

清苦—形容荒涼寂寥。

商略—商量。此處為醞釀之意。

第四橋—即吳松城外的甘泉橋，以泉品居第四。

天隨—唐代詩人陸龜蒙，號天隨子，舉進士不第，隱居江湖。姜夔常以陸天隨自比。

殘柳—凋殘的柳絲。

鷓鴣天◎元夕有所夢

姜夔

肥水東流無盡期，當初不合種相思。
夢中未比丹青見，暗裡忽驚山鳥啼。
春未綠，鬢先絲，
人間別久不成悲。
誰教歲歲紅蓮夜，兩處沉吟各自知。

肥水－即淝水。源出安徽合肥西南，流入巢湖。

不合－不該。

「夢中」句－夢中形象不如丹青圖畫顯現的真切。

紅蓮夜－指元宵夜。紅蓮，指燈節的花燈。

沉吟－低頭沉思的樣子。

踏莎行◎自沔東來，丁未元日至金陵，江上感夢而作。

姜夔

燕燕輕盈，鶯鶯嬌軟，分明又向華胥見。
夜長爭得薄情知，春初早被相思染。
別後書辭，別時針線，
離魂暗逐郎行遠。
淮南皓月冷千山，冥冥歸去無人管。

沔東—唐宋州名，今湖北漢陽，姜夔曾流寓於此。

燕燕、鶯鶯—指伊人。

嬌軟—指聲音嬌柔軟媚。

華胥—夢裡。《列子．黃帝》：「黃帝晝寢而夢，遊於華胥氏之國。」

爭得—怎得。

「別後」二句—指情人寄來的書信，檢閱猶新；情人為自己所做的衣服，仍有遺香。

離魂—魂魄離體。

逐—跟隨。

淮南—指今安徽合肥一帶。

冥冥—幽暗的夜裡。

齊天樂

姜夔

丙辰歲，與張功父會飲張達可之堂，聞屋壁間蟋蟀有聲，功父約予同賦，以授歌者。功父先成，辭甚美。予徘徊茉莉花間，仰見秋月，頓起幽思，尋亦得此。蟋蟀，中都呼為促織，善鬭。好事者或以三二十萬錢致一枚，鏤象齒為樓觀以貯之。

庾郎先自吟愁賦，
淒淒更聞私語。
露溼銅鋪，苔侵石井，都是曾聽伊處。
哀音似訴，正思婦無眠，起尋機杼。
曲曲屏山，夜涼獨自甚情緒。
西窗又吹暗雨。

丙辰歲—寧宗慶元二年。
張功父、張達可—疑是兄弟。
中都—指杭州。
庾郎—庾信，南朝梁人，曾作〈愁賦〉。
私語—蟋蟀鳴聲。
銅鋪—舊時大門上所鑄獸面銅環的底座，用以銜環。
伊—指蟋蟀。
機杼—織布機。
屏山—屏風上畫有遠山。

為誰頻斷續，相和砧杵？
候館迎秋，離宮弔月，
別有傷心無數。
豳詩漫與，笑籬落呼燈，
世間兒女。
寫入琴絲，一聲聲更苦。

候館—旅館、驛站。

離宮—皇帝的行宮。

豳詩—《詩經·豳風·七月》描寫蟋蟀「七月在野，八月在宇，九月在戶，十月蟋蟀入我床下。」

漫與—率意為之。

「笑籬落」二句—形容不知憂愁的孩子們，提著燈在籬笆間捕捉蟋蟀玩耍。

寫入琴絲—譜宮商以彈奏。

念奴嬌

姜夔

余客武陵，湖北憲治在焉。古城野水，喬木參天。余與二三友，日蕩舟其間，薄荷花而飲，意象幽閒，不類人境。秋水且涸，荷葉出地尋丈，因列坐其下，上不見日，清風徐來，綠雲自動。間於疏處，窺見遊人畫船，亦一樂也。揭來吳興，數得相羊荷花中。又夜泛西湖，光景奇絕。故以此句寫之。

鬧紅一舸，
記來時，嘗與鴛鴦為侶。
三十六陂人未到，水佩風裳無數。
翠葉吹涼，玉容消酒，更灑菰蒲雨。
嫣然搖動，冷香飛上詩句。
日暮，青蓋亭亭，

武陵—今湖南常德。
湖北憲治—宋朝荊湖北路提點刑獄使的官署。
薄—靠近。
尋丈—八尺至一丈。尋，八尺。
揭來—來到。揭，發語詞。
相羊—徜徉。
鬧紅—指荷花盛開。
舸—船。
三十六陂—形容水塘之多。
水佩風裳—形容荷花以水為佩、以風為裳的姿態。
「翠葉」二句—形容蓮葉田田，荷色豔麗。
菰蒲—生長在水邊的植物，菰的嫩莖即為茭白。
嫣然—美人的笑容。
青蓋—指荷葉。

情人不見，爭忍凌波去？
只恐舞衣寒易落，愁入西風南浦。
高柳垂陰，老魚吹浪，留我花間住。
田田多少，幾回沙際歸路。

爭忍—怎忍心。
凌波—形容步履輕盈。
南浦—泛指離別之地。
吹浪—游魚帶動水面細紋。
田田—荷葉相連的樣子。
沙際—沙洲。

琵琶仙

姜夔

《吳都賦》云：「戶藏煙浦，家具畫船。」唯吳興為然。春遊之盛，西湖未能過也。己酉歲，予與蕭時父載酒南郭，感遇成歌。

雙槳來時，
有人似、舊曲桃根桃葉。
歌扇輕約飛花，蛾眉正奇絕。
春漸遠、汀洲自綠，
更添了幾聲啼鴂。
十里揚州，三生杜牧，前事休說。
又還是、宮燭分煙，

吳興—今浙江湖州。
己酉歲—孝宗淳熙十六年。
蕭時父—與作者有親友關係。
舊曲—舊時坊曲。坊曲，常代指歌妓聚集之地。
桃根桃葉—桃葉桃根姊妹，東晉書法家王羲之的小妾。
約—纏繞、沾惹。
啼鴂—悲鳴的杜鵑鳥。
十里揚州—指繁華綺麗的風光。
三生杜牧—指風流韻事恍如隔世。
宮燭分煙—唐宋寒食節過後，

奈愁裡、匆匆換時節。
都把一襟芳思，與空階榆莢。
千萬縷、藏鴉細柳，
為玉尊、起舞回雪。
想見西出陽關，故人初別。

皇宮有取新火分賜群臣的習俗。

藏鴉細柳—形容楊柳枝葉茂密。

揚州慢

姜夔

淳熙丙申至日，予過維揚。夜雪初霽，薺麥彌望。入其城，則四顧蕭條，寒水自碧，暮色漸起，戍角悲吟。予懷愴然，感慨今昔，因自度此曲。千巖老人以為有黍離之悲也。

淮左名都，
竹西佳處，解鞍少駐初程。
過春風十里，盡薺麥青青。
自胡馬窺江去後，
廢池喬木，猶厭言兵。
漸黃昏，清角吹寒，都在空城。

彌望—滿眼。

千巖老人—南宋詩人蕭德藻，自號千巖老人，姜夔是他的姪女婿，曾向他學詩。

黍離之悲—周平王東遷後，周大夫經過西周故都見「宗室宮廟，盡為禾黍」，賦《黍離》詩致哀，後世用「黍離」表示亡國之痛。

淮左—宋代揚州屬淮南東路，時稱淮左。

竹西佳處—揚州城東有竹西亭。此代指揚州。

胡馬—指金軍南侵。

廢池喬木—廢毀的池臺、殘存的古樹，形容城中荒蕪，人煙蕭條。

清角—淒清的號角。

杜郎俊賞，算而今重到須驚。
縱豆蔻詞工，
青樓夢好，難賦深情。
二十四橋仍在，
波心蕩、冷月無聲。
念橋邊紅藥，年年知為誰生。

杜郎—指唐代詩人杜牧。
俊賞—俊逸清賞。
豆蔻—出自杜牧詩《贈別》：「娉娉裊裊十三餘，荳蔻梢頭二月初。」
青樓—出自杜牧詩《遣懷》：「十年一覺揚州夢，贏得青樓薄倖名。」
二十四橋—杜牧詩《寄揚州韓綽判官》：「二十四橋明月夜，玉人何處教吹簫」，揚州橋名。
紅藥—據清代李斗《揚州畫舫錄》載，二十四橋又名紅藥橋，橋邊盛植芍藥，即牡丹。

長亭怨慢

姜夔

予頗喜自制曲，初率意為長短句，然後協之以律，故前後闋多不同。桓大司馬云：「昔年種柳，依依漢南；今看搖落，淒愴江潭。樹猶如此，人何以堪？」此語予深愛之。

漸吹盡、枝頭香絮，
是處人家，綠深門戶。
遠浦縈迴，暮帆零亂向何許。
閱人多矣，
誰得似、長亭樹？
樹若有情時，

自制曲—指在舊曲調外自己創新的曲調，也叫自度曲。

桓大司馬—桓溫。

此詞上片用桓溫江潭植柳故事，對景懷人。

香絮—指柳絮。

何許—何處。

「閱人」二句—指柳樹常見離人黯然神傷，柳則無動於衷，否則也不會青青如此了。

長亭樹—指種在長亭邊的柳

不會得、青青如此。

日暮。

望高城不見，只見亂山無數。

韋郎去也，怎忘得、玉環分付。

第一是、早早歸來，

怕紅萼、無人為主。

算空有并刀，難剪離愁千縷。

高城不見－唐歐陽詹在太原與一妓女相戀，別時贈詩「高城已不見，況復城中人」。此處借用以示臨行懷念情人之意。

「韋郎」二句－韋皋遊江夏，與女子玉簫有情，別時留玉指環，約以少則五載，多則七載來娶。後八載不至，玉簫絕食而死，此處為作者臨別時向情人表示必將重來。

紅萼－紅梅。此為女子自比。

并刀－并州所產的刀剪，以鋒利出名。

淡黃柳

姜夔

客居合肥南城赤闌橋之西，巷陌淒涼，與江左異。唯柳色夾道，依依可憐。因度此闋，以紓客懷。

空城曉角，吹入垂楊陌。
馬上單衣寒惻惻。
看盡鵝黃嫩綠，都是江南舊相識。
正岑寂，明朝又寒食。
強攜酒、小橋宅。怕梨花落盡成秋色。
燕燕飛來，問春何在？
唯有池塘自碧。

淡黃柳—姜夔自度曲。
赤闌橋—紅色闌干的橋。
江左—泛指江南。
曉角—報曉的號角聲。
垂楊陌—楊柳飄拂的小巷。
惻惻—寒冷淒惻。
鵝黃—形容柳芽嫩黃。
岑寂—寂靜。
小橋宅—後漢喬玄次女為小喬。此借指合肥情人住處。

暗香

姜夔

辛亥之冬，余載雪詣石湖。止既月，授簡索句，且徵新聲，作此兩曲，石湖把玩不已，使工妓肄習之，音節諧婉，乃名之曰《暗香》、《疏影》。

舊時月色，
算幾番照我，梅邊吹笛？
喚起玉人，不管清寒與攀摘。
何遜而今漸老，
都忘卻春風詞筆。
但怪得竹外疏花，香冷入瑤席。
江國，正寂寂，

石湖—范成大晚年居住在蘇州西南的石湖，自號石湖居士。

止既月—停留一個多月。

「授簡素」句—拿紙箋請作者寫詞。

徵新聲—徵求新詞調。

工妓—樂工、歌妓。

肄習—學習。

暗香、疏影—此兩首詞皆詠梅。

「何遜」二句—作者自比南朝梁詩人何遜，說自己年華老大，昔日文采不再。

瑤席—精美的座席。

歎寄與路遙，夜雪初積。
翠尊易泣，紅萼無言耿相憶。
長記曾攜手處，
千樹壓、西湖寒碧。
又片片、吹盡也，幾時見得？

寄與路遙—表示音訊隔絕。
翠尊—翠綠的酒杯，這裡指酒。
紅萼—指梅花。
耿—耿然於心，不能忘懷。
千樹—形容杭州西湖孤山的梅樹成林。

疏影

姜夔

苔枝綴玉，有翠禽小小，枝上同宿。客裡相逢，籬角黃昏，無言自倚修竹。昭君不慣胡沙遠，但暗憶、江南江北。想佩環、月夜歸來，化作此花幽獨。

苔枝綴玉—范成大《梅譜》說紹興、吳興一帶的古梅「苔鬚垂於枝間，或長數寸，風至，綠絲飄飄可翫。」

翠禽—綠色的小鳥。

客裡—姜夔是江南人，當時在蘇州。

「籬角」二句—用杜甫《佳人》：「天寒翠袖薄，日暮倚修竹」詩意。

「想環佩」二句—用杜甫《詠懷古跡》：「畫圖省識春風面，環佩空歸月夜魂」詩意。

猶記深宮舊事，
那人正睡裡，飛近蛾綠。
莫似春風，
不管盈盈，早與安排金屋。
還教一片隨波去，
又卻怨、玉龍哀曲。
等恁時、重覓幽香，
已入小窗橫幅。

「猶記」三句—用宋武帝女壽陽公主梅花妝的故事。
安排金屋—用漢武帝金屋藏阿嬌典。
玉龍哀曲—玉龍，即玉笛。哀曲，指笛曲《梅花落》。
等恁時—到那時。
橫幅—畫幅。

雙雙燕◎詠燕

史達祖

過春社了，度簾幕中間，去年塵冷。差池欲住，試入舊巢相並。還相雕梁藻井，又軟語商量不定。飄然快拂花梢，翠尾分開紅影。

芳徑，芹泥雨潤，愛貼地爭飛，競誇輕俊。紅樓歸晚，看足柳暗花暝。

春社—春分前後祭社神的日子。
度—飛過。
塵冷—指舊巢冷落。
差池—燕子尾翼張舒不齊。
相—打量。
雕梁藻井—雕花的屋梁，彩繪花紋的井欄狀天花板。
軟語—形容燕子呢喃聲。
紅影—花影。
芳徑—花草芬芳的小徑。
芹泥—燕子銜以築巢的草泥。

應自棲香正穩，便忘了天涯芳信。
愁損翠黛雙蛾，日日畫闌獨憑。

棲香正穩—睡得正香甜。
天涯芳信—指外出的人給閨中人的書信。
翠黛—畫眉所用的青綠色。
雙蛾—雙眉。

綺羅香◎詠春雨

史達祖

做冷欺花，將煙困柳，
千里偷催春暮。
盡日冥迷，愁裡欲飛還住。
驚粉重、蝶宿西園，
喜泥潤、燕歸南浦。
最妨它、佳約風流，
鈿車不到杜陵路。
沉沉江上望極，還被春潮晚急，

做冷欺花—春寒多雨，妨礙了花開。

將煙困柳—春雨迷濛，如煙霧籠罩柳樹。

冥迷—春雨濛濛的樣子。

驚粉重—驚訝自己的翅膀如此濕重。

鈿車—裝飾華美的車。

杜陵—漢宣帝陵墓所在地，當時附近住的多是富貴之家，故用來借指繁華的街道。

難尋官渡。
隱約遙峰，和淚謝娘眉嫵。
臨斷岸、新綠生時，
是落紅、帶愁流處。
記當日門掩梨花，剪燈深夜語。

官渡—官家置船以渡行人的渡口。

「謝娘」二句—謝娘本指唐代歌妓，後世泛指歌女。此處形容煙雨籠罩遠山，像謝娘被淚沾濕的眉毛那樣嫵媚好看。

「記當日」二句—化用李商隱《夜雨寄北》：「何當共剪西窗燭，卻話巴山夜雨時」詩意。

臨江仙◎閨思

史達祖

愁與西風應有約，年年同赴清秋。
舊遊簾幕記揚州。
一燈人著夢，雙燕月當樓。
羅帶鴛鴦塵暗澹，更須整頓風流。
天涯萬一見溫柔。
瘦應因此瘦，羞亦為郎羞。

清秋—清秋節，即重陽節。

揚州—指風月之地。

「一燈」句—一盞燈火，將人帶入夢中。

羅帶—繡有鴛鴦花紋的絲織合歡帶。

塵暗澹—表示離別時間已久。

風流—此指風韻。

見—同「現」。

溫柔—指溫柔鄉。

東風第一枝◎春雪

史達祖

巧沁蘭心，偷黏草甲，東風欲障新暖。漫凝碧瓦難留，信知暮寒猶淺。行天入鏡，做弄出、輕鬆纖軟。料故園、不捲重簾，誤了乍來雙燕。

青未了、柳回白眼，

「巧沁」二句—春雪輕巧地滲入蘭心，黏著草兒。草甲，植物的外皮如甲衣，因此得名。

信知—確知。

行天入鏡—以鏡與天喻池面、橋面積雪之明淨。

不捲重簾—春社已過，怕重簾阻住傳書之燕。

「青未了」二句—指柳眼方

紅欲斷、杏開素面。
舊遊憶著山陰，
後盟遂妨上苑。
寒爐重熨，便放慢、春衫針線。
怕鳳靴挑菜歸來，
萬一灞橋相見。

青，蒙雪而白；杏花本紅，以雪見素。

「舊遊」句—晉王徽之雪夜訪友，至門而返，人問其故，曰：「乘興而來，盡興而去，何必見？」

「後盟」句—用司馬相如雪天赴梁王兔園宴遲到典故。

寒爐—寒天的火爐。

鳳靴—借指紅妝仕女。

挑菜—唐宋風俗，舊曆二月二日曲江拾菜，士民遊觀其間，謂之挑菜節。

「萬一」句—說不定在灞橋上又遇到風雪。

灞橋，在陝西長安縣東。

玉蝴蝶

史達祖

晚雨未摧宮樹，可憐閒葉，猶抱涼蟬。短景歸秋，吟思又接愁邊。漏初長、夢魂難禁，人漸老、風月俱寒。想幽歡。土花庭甃，蟲網闌干。無端。

宮樹—宮苑中的樹木。

閒葉—剩下的幾片葉子。

短景—入秋晝短，故稱短景。景，日光。

吟思—指詩興。

風月俱寒—觸目風景都令人心驚。

土花—青苔。

甃—磚砌的井壁。

啼蛄攪夜，恨隨團扇，苦近秋蓮。
一笛當樓，謝娘懸淚立風前。
故園晚、強留詩酒，
新雁遠、不致寒暄。
隔蒼煙。楚香羅袖，誰伴嬋娟。

蛄—螻蛄，穴居土中而鳴。

恨隨團扇—班婕妤《怨歌行序》：「婕妤初為孝成所寵，其後趙氏日盛，婕妤恐久見危，求供養太后長信宮，作紈扇詩以自悼焉。」此即「秋扇見捐」成語出處。

苦近秋蓮—蓮心味苦，古樂府中常諧音「憐心」，以形容男女相思之苦。

蒼煙—蒼茫的雲霧。

楚香—楚地佳麗。

嬋娟—形容儀態美好，此借指美人。

八歸

史達祖

秋江帶雨，寒沙縈水，
人瞰畫閣愁獨。
煙蓑散響驚詩思，
還被亂鷗飛去，秀句難續。
冷眼盡歸圖畫上，
認隔岸微茫雲屋。
想半屬漁市樵村，欲暮競然竹。
須信風流未老，

瞰—俯視。

煙蓑—指漁父。

散響—指漁父撒網入水發出的聲響。

秀句—佳句。

然竹—同燃竹，以枯竹為薪的意思。

憑持尊酒，慰此淒涼心目。
一鞭陌南，幾篙官渡，
賴有歌眉舒綠。
只匆匆眺遠，早覺閒愁掛喬木。
應難奈、故人天際，
望徹淮山，相思無雁足。

歌眉舒綠—指歌女舒其黛眉而唱。

閒愁掛喬木—作者以木自況出神的模樣。

雁足—指書信。

玉樓春

嚴仁

春風只在西園畔，薺菜花繁蝴蝶亂。
冰池晴綠照還空，香徑落紅吹已斷。
意長翻恨遊絲短，盡日相思羅帶緩。
寶奩如月不欺人，明日歸來君試看。

冰池晴綠－晴空下晶瑩碧綠的池水。

照還空－形容冰池在陽光下顯得透明。

遊絲－飄蕩在空中的昆蟲之絲，「恨遊絲短」是用以反襯自己情意之長。

羅帶緩－指因思念而衣帶寬鬆。

寶奩如月－梳妝匣中皎如明月的圓鏡。

風入松

俞國寶

一春長費買花錢，日日醉湖邊。
玉驄慣識西湖路，
驕嘶過、沽酒樓前。
紅杏香中簫鼓，綠楊影裡鞦韆。
暖風十里麗人天，花壓鬢雲偏。
畫船載取春歸去，
餘情付、湖水湖煙。
明日重扶殘醉，來尋陌上花鈿。

一春—整個春天。
長費—耗費很多。
買花錢—指狎妓費用。
玉驄—毛色青白相間的馬。
驕—形容馬匹健壯。
沽酒—買酒。
簫鼓—泛指樂奏。
「暖風」句—形容景色之佳、女子之美。麗人天，指踏青遊春的時節。
花鈿—古代婦女首飾。

減字木蘭花

盧炳

莎衫筠笠，正是村村農務急。
綠水千畦，慚愧秧針出得齊。
風斜雨細，麥欲黃時寒又至。
饁婦耕夫，畫作今年稔歲圖。

莎衫筠笠－簑衣竹笠。莎，蓑草。
慚愧－僥倖。
秧針－秧苗尖細如針。
寒－農曆四月，有時天氣轉冷，謂之「麥秀寒」。
饁－給在田間工作的人送飯。
稔歲－豐年。

滿庭芳◎促織兒

張鎡

月洗高梧，露溥幽草，寶釵樓外秋深。土花沿翠，螢火墜牆陰。靜聽寒聲斷續，微韻轉、淒咽悲沉。爭求侶，殷勤勸織，促破曉機心。

兒時，曾記得，呼燈灌穴，斂步隨音。任滿身花影，猶自追尋。攜向華堂戲鬥，亭臺小、籠巧妝金。今休說，從渠床下，涼夜伴孤吟。

露溥—露水凝結。

寶釵樓—唐宋時咸陽酒樓名。此處借指住在杭州的兄弟張達可家的樓臺，寄寓對故鄉的懷念之情。

土花—青苔。

勸—催促。

斂步—腳步很輕。

華堂—精美的廳堂。

亭臺—盛蟋蟀的籠子。

籠巧妝金—塗成金色的小籠子。

渠—牠，指蟋蟀。

蝶戀花◎送春

朱淑真

樓外垂楊千萬縷，欲繫青春，少住春還去。猶自風前飄柳絮，隨春且看歸何處。

綠滿山川聞杜宇，便做無情，莫也愁人苦。把酒送春春不語，黃昏卻下瀟瀟雨。

繫—拴住。

青春—大好春光。隱指詞人青春年華。

少住—短暫逗留。

猶自—仍然。

杜宇—杜鵑鳥。

「莫也」句—莫非也因為人間的憂苦而憂愁嗎？

瀟瀟雨—形容雨勢之疾。

謁金門◎春半

朱淑真

春已半，觸目此情無限。
十二闌干倚遍，愁來天不管。
好是風和日暖，輸與鶯鶯燕燕。
滿院落花簾不捲，斷腸芳草遠。

春已半—春天已過了一半。
此情無限—即春愁無限。
十二闌干—曲曲折折的闌干。十二，言其曲折之多。
輸與—不如、比不上。
芳草—喻離人的行蹤。

眼兒媚

朱淑真

遲遲春日弄輕柔，花徑暗香流。清明過了，不堪回首，雲鎖朱樓。

午窗睡起鶯聲巧，何處喚春愁。綠楊影裡，海棠亭畔，紅杏梢頭。

遲遲—指日長而暖。

弄輕柔—形容和煦的陽光撫弄著楊柳的柔枝。

暗香—指幽香。

朱樓—華美的樓閣。

喚—喚起。

踏莎行◎山居

張掄

秋入雲山，物情瀟灑。百般景物堪圖畫。丹楓萬葉碧雲邊，黃花千點幽岩下。

已喜佳辰，更憐清夜。一輪明月林梢掛。松醪常與野人期，忘形共說清閒話。

秋入—進入秋天。
瀟灑—清逸俊爽。
丹楓—亦稱霜葉、紅葉。
萬葉—極言楓葉之多。
黃花千點—無數的菊花。
松醪—用松脂釀成的酒。
野人—山野之人。
期—約會。
忘形—隱士不拘形跡。

賀新郎◎端午

劉克莊

深院榴花吐。畫簾開、綀衣紈扇，午風清暑。兒女紛紛誇結束，新樣釵符艾虎。早已有、遊人觀渡。老大逢場慵作戲，任陌頭、年少爭旗鼓。溪雨急，浪花舞。靈均標致高如許。

綀衣—粗麻衣。

結束—裝束、打扮。

釵符—端午節避邪的五色巾。

艾虎—端午節人皆採艾為虎，掛於門，以辟邪氣。

觀渡—《荊楚歲時記》載：「五月五日競渡，俗為屈原投汨羅日，人傷其死，故命舟楫拯之。」

老大—年歲漸長。

逢場慵作戲—懶得湊熱鬧。

陌頭—裹著頭巾。

靈均—屈原，字靈均。

憶生平、既紉蘭佩，更懷椒糈。
誰信騷魂千載後，波底垂涎角黍。
又說是、蛟饞龍怒。
把似而今醒到了，
料當年、醉死差無苦。
聊一笑，弔千古。

標致—風度。

紉蘭佩—《離騷》載：「紉秋蘭以為佩。」意謂品德高雅。

椒糈—用香料拌精米以祭神。

角黍—即粽子。屈原沉江，楚人哀之，以竹筒貯米投水，裹以粽葉，纏以綵縷，使不為蛟龍所吞。

把似—假如。

差無苦—幾乎沒什麼痛苦。差，差不多。

聊—姑且。

賀新郎◎九日

劉克莊

湛湛長空黑，
更那堪、斜風細雨，亂愁如織。
老眼平生空四海，賴有高樓百尺。
看浩蕩千崖秋色。
白髮書生神州淚，
盡淒涼、不向牛山滴。
追往事，去無跡。
少年自負凌雲筆，

九日—指農曆九月九日重陽節。古人於此日登高，佩茱萸辟邪，飲菊花酒。

湛湛—水深貌。此指昏黑。

空四海—望盡五湖四海。

高樓百尺—形容視界開闊，也表明才具非凡。

白髮書生—作者自指。

不向牛山滴—指大丈夫不無謂灑淚。牛山，在山東臨淄縣南，齊景公遊牛山，北臨其國而流涕。

凌雲筆—形容筆端縱橫，氣

到而今、春華落盡，滿懷蕭瑟。
常恨世人新意少，愛說南朝狂客，
把破帽年年拈出。
若對黃花孤負酒，
怕黃花、也笑人岑寂。
鴻北去，日西匿。

勢干雲。

春華落盡—指豪氣盡失。

南朝狂客—晉孟嘉為桓溫參軍，重陽節共登龍山，風吹帽落而不覺。

孤負—徒然錯過。孤同「辜」。

西匿—西沉。

玉樓春◎戲林推

劉克莊

年年躍馬長安市，客舍似家家似寄。
青錢換酒日無何，紅燭呼盧宵不寐。
易挑錦婦機中字，難得玉人心下事。
男兒西北有神州，莫滴水西橋畔淚。

戲林推—黃昇《花庵詞選》題作「戲呈林節推鄉兄」。節推，即節度推官，州郡的佐理官。錢仲聯《後·詞箋注》以為可能是作者同鄉林宗煥。

長安—借指南宋都城臨安。

寄—客居。

青錢—即青銅錢。

無何—不過問其他的事。

紅燭呼盧—晚上點燭賭博。五子全黑叫盧，猶全勝，故擲時爭著喊「盧」。

機中字—織錦中的文字。

玉人—佳人。

水西橋—泛指妓女所居之地。這句說不要為妓女浪費自己的眼淚。

卜算子

劉克莊

片片蝶衣輕，點點猩紅小。
道是天公不惜花，百種千般巧。
朝見樹頭繁，暮見枝頭少。
道是天公果惜花，雨洗風吹了。

蝶衣—指海棠花瓣如蝶翼那樣輕盈。
猩紅—用陸游詩「千點猩紅蜀海棠」意。
道是—說是。
天公—老天爺。
惜—憐愛。
百種千般巧—形容花朵千姿百態，爭奇鬥豔。
了—盡。

一剪梅

◎余赴廣東，實之夜餞於風亭。

劉克莊

束縕宵行十里強，挑得詩囊，拋了衣囊。天寒路滑馬蹄僵。元是王郎，來送劉郎。

酒酣耳熱說文章，驚倒鄰牆，推倒胡牀。旁觀拍手笑疏狂。疏又何妨，狂又何妨。

實之—姓王名邁，是劉克莊摯友。
束縕—把亂麻捆起來，作成照明的火把。
宵行—暗指遠行辛苦。
十里—古時道路每隔十里設長亭。
王郎—即作者好友王實之。
胡牀—一種可摺疊的輕便坐具，又稱交床。
疏狂—豪放不受拘束。

沁園春◎答九華葉賢良

劉克莊

一卷陰符，二石硬弓，百斤寶刀。
更玉花驄噴，鳴鞭電抹，
烏絲闌展，醉墨龍跳。
牛角書生，虯髯豪客，
談笑皆堪折簡招。
依稀記，曾請纓繫粵，草檄征遼。
當年目視雲霄。
誰信道，淒涼今折腰。

九華—山名。

葉賢良—劉克莊友人。

陰符—兵書名，相傳為太公所著。

二石—相當於現在二百四十斤，形容弓極硬，側寫少年武藝之高強。

玉花驄—良馬，又名菊花青。

噴—吐氣。

電抹—迅速如閃電。

烏絲闌—上下以烏絲織成欄，其間用朱墨界行的絹素。後亦指有墨線格子的箋紙。

龍跳—形容書法蒼勁有力，有如蛟龍跳躍。

牛角書生—李密少時曾於牛角掛《漢書》，且行且讀。

虯髯豪客—指隋末俠士張仲堅，即虯髯客。

悵燕然未勒，南歸草草，
長安不見，北望迢迢。
老去胸中，有些壘塊，
歌罷猶須著酒澆。
休休也，但帽邊鬢改，鏡裡顏凋。

請纓繫粵—用漢終軍請纓出征南越事。
檄—下文書征討。
目視雲霄—指眼界高。
折腰—用陶淵明作彭澤令不肯為五斗米折腰事，暗指今日之不得志。
「悵燕然」二句—用漢竇憲北擊匈奴登燕然山勒石紀功典。
「長安不見」二句—李白《金陵鳳凰台詩》所記「總為浮雲能蔽日，長安不見使人愁」，表達詞人功名未就、報國無門的悵恨。
「老去」三句—《世說新語‧任誕篇》：「阮籍胸中壘塊，故須酒澆之。」
壘塊，謂胸中鬱結不平之氣。
休休—罷了。

清平樂◎五月十五夜玩月

劉克莊

風高浪快，萬里騎蟾背。
曾識姮娥真體態，素面原無粉黛。
身遊銀闕珠宮，俯看積氣濛濛。
醉裡偶搖桂樹，人間喚作涼風。

騎蟾背—即乘月而遊。

姮娥—即嫦娥。

素面—形容月光皎潔，如美人不施脂粉。

銀闕珠宮—傳說中的月宮。

俯看—表示離開人間已很遙遠。

積氣—聚積之氣。《列子·天瑞篇》載，杞國有人擔心天會掉下來，有人告訴他說，「天，積氣耳。」

江城子

盧祖皋

畫樓簾幕捲新晴，
掩銀屏，曉寒輕。
墜粉飄香，日日喚愁生。
暗數十年湖上路，能幾度，著娉婷？

年華空自感飄零。
擁春酲，對誰醒？
天闊雲閒，無處覓簫聲。
載酒買花年少事，渾不似，舊心情。

畫樓—雕飾華麗的樓房。

娉婷—形容女子姿態美好的樣子。此處借指美人。

酲—醉酒。

青玉案

黃公紹

年年社日停針線，
怎忍見、雙飛燕。
今日江城春已半。
一身猶在，亂山深處，寂寞溪橋畔。
春衫著破誰針線？
點點行行淚痕滿。
落日解鞍芳草岸。
花無人戴，酒無人勸，醉也無人管。

社日－舊時祭社之日，有春社、秋社之分。此處指春社。

停針線－古代社日，官府及民間皆祭社神祈求豐年，並有飲酒、分肉、婦女停針線等習俗。

春已半－春日已過一半。

針線－補綴之意。

長相思

陳東甫

花深深，柳陰陰。
度柳穿花覓信音。
君心負妾心。
怨鳴琴，恨孤衾。
鈿誓釵盟何處尋？
當初誰料今。

度柳穿花—暗喻兩情相悅的歡愉。

鈿誓釵盟—以鈿釵盟誓。

料—想。

水調歌頭◎平山堂用東坡韻

方岳

秋雨一何碧，山色倚晴空。
江南江北愁思，分付酒螺紅。
蘆葉蓬舟千里，菰菜蓴羹一夢，
無語寄歸鴻。
醉眼渺河洛，遺恨夕陽中。
蘋洲外，山欲瞑，斂眉峰。
人間俯仰陳跡，嘆息兩仙翁。
不見當時楊柳，只是從前煙雨，

平山堂—位於揚州市西北郊蜀岡中峰大明寺內，歐陽修貶謫揚州太守時所建。

酒螺紅—代指以紅螺製成的酒杯盛酒。

「菰菜」句—代指歸鄉之夢。

河洛—黃河與洛水間的地區，此處指中原地區淪落金兵之手。

兩仙翁—指歐陽修和蘇軾，兩人曾登平山堂並留有詩詞。

磨滅幾英雄。
天地一孤嘯，匹馬又西風。

當時楊柳—歐陽修建平山堂並親手植柳一株，人稱「歐公柳」。
匹馬—作者自喻。

浣溪沙

吳文英

門隔花深夢舊遊，夕陽無語燕歸愁。
玉纖香動小簾鈎。
落絮無聲春墮淚，行雲有影月含羞。
東風臨夜冷於秋。

門隔花深—指所夢舊遊之地，當時花徑通幽，春意盎然。
玉纖—指女子纖白的玉手。
「落絮」句—形容柳絮飄落像是春天替離人無聲流淚。
臨夜—夜晚來臨時。

風入松

吳文英

聽風聽雨過清明，愁草瘞花銘。
樓前綠暗分攜路，一絲柳、一寸柔情。
料峭春寒中酒，交加曉夢啼鶯。
西園日日掃林亭，依舊賞新晴。
黃蜂頻撲鞦韆索，有當時、纖手香凝。
惆悵雙鴛不到，幽階一夜苔生。

愁草－沒有心情寫。草，起草，擬寫。
瘞花銘－即葬花詞。瘞，埋葬。銘，文體的一種。古代常把銘文刻在墓碑或者器物上，內容多為歌功頌德，表示哀悼或借鑑。
分攜－分別。
料峭－形容春天寒冷。
中酒－醉酒。
交加－形容雜亂。
黃蜂－此指蜜蜂。
雙鴛－成對的鴛鴦，此指一雙繡著鴛鴦的花鞋，兼指女子本人。
幽階－幽寂的空階。

鶯啼序◎春晚感懷

吳文英

殘寒正欺病酒，掩沉香繡戶。
燕來晚、飛入西城，
似說春事遲暮。
畫船載、清明過卻，
晴煙冉冉吳宮樹。
念羈情、游蕩隨風，化為輕絮。
十載西湖，傍柳繫馬，趁嬌塵軟霧。
溯紅漸招入仙溪，錦兒偷寄幽素。

鶯啼序—二百四十字，是詞調中最長者，創自吳文英。

沉香繡戶—指華美的住宅。

吳宮—泛指南宋宮苑。

溯紅—隱用紅葉題詩典故。據《雲溪友議》載，唐時有宮女題詩於紅葉上，詩云：「柳樹何太急，深宮竟日閒。殷勤謝紅葉，好去到人間。」紅葉順御溝流出，被人撿到而結成佳偶。

仙溪—指桃源。用劉晨、阮肇到天台山採藥迷路遇到兩位仙女的故事。

倚銀屏、春寬夢窄，
斷紅濕、歌紈金縷。
暝堤空，輕把斜陽，總還鷗鷺。

幽蘭旋老，杜若還生，水鄉尚寄旅。
別後訪、六橋無信，
事往花委，瘞玉埋香，幾番風雨。
長波妒盼，遙山羞黛，
漁燈分影春江宿。
記當時、短楫桃根渡，青樓彷彿。

錦兒—錢塘名妓楊愛愛的侍女，此處用作婢女代稱。

幽素—深藏在心中的情愫。

春寬夢窄—春長夢短，指歡聚時間匆促。

斷紅—指妝淚。

歌紈—歌扇。

金縷—金線繡成的衣衫。

杜若—水邊的香草。

六橋—西湖外湖有映波、鎖瀾、望山、壓堤、東浦、跨虹六橋，為蘇軾所建。

花委—即花委、花謝。

瘞玉埋香—指伊人亡故。瘞，埋葬。玉、香，指美人。

桃根渡—即桃葉渡，在南京秦淮河與青溪合流處。傳說東晉王獻之有愛妾名桃葉，獻之常在此迎送桃葉。泛指

臨分敗壁題詩，淚墨慘淡塵土。

危亭望極，草色天涯，嘆鬢侵半苧。

暗點檢、離痕歡唾，尚染鮫綃。

彈鳳迷歸，破鸞慵舞。

殷勤待寫，書中長恨，

藍霞遼海沉過雁，

漫相思、彈入哀箏柱。

傷心千里江南，

怨曲重招，斷魂在否？

送別地。

彷彿—依舊。

分—指離別。

敗壁—殘破的牆壁。

苧—白色苧麻，此喻白髮。

離痕歡唾—惜別的淚痕和調笑的唾味。

鮫綃—薄絲手帕。

彈鳳—因哀傷而垂翅之鳳。

破鸞慵舞—自比有如孤鸞，懶於在破鏡前歌舞。

藍霞遼海—天遠海闊。

沉過雁—指音書斷絕。

「傷心」句—指千里江南地，無處不傷心。

重招—重彈。

八聲甘州◎靈巖陪庾幕諸公遊

吳文英

渺空煙四遠，
是何年、青天墜長星？
幻蒼崖雲樹，
名娃金屋，殘霸宮城。
箭徑酸風射眼，膩水染花腥。
時靸雙鴛響，廊葉秋聲。
宮裡吳王沉醉，
倩五湖倦客，獨釣醒醒。

靈巖—山名，在蘇州市西，上有春秋時吳國的遺跡館娃宮、琴臺等。庾幕，幕府僚屬的美稱。

長星—彗星。

名娃—此指西施，為越王勾踐獻給吳王夫差的美女。

金屋—用漢武帝金屋藏嬌的故事。

殘霸—指吳王夫差，他曾破越敗齊，爭霸中原，後為越王勾踐所敗，身死國滅，霸業有始無終。

箭徑—即採香徑。

《蘇州府志》載，採香徑在香山之旁，小溪也。吳王種香

問蒼天無語，華髮奈山青。
水涵空、闌干高處，
送亂鴉、斜日落漁燈。
連呼酒，上琴臺去，秋與雲平。

於香山，使美人泛舟於溪水採香。自靈巖山望之，一水直如矢，故俗名箭徑。

酸風—冷風。

膩水—宮女濯妝的脂粉水。

靸—履無踵直曳曰靸，即今之拖鞋。**雙鴛**—指女鞋。

廊—響屧廊。在靈巖山寺，相傳吳王令西施著木底鞋，廊虛而響。

五湖倦客—指范蠡。大夫范蠡輔佐越王滅吳後，乘扁舟，出三江入五湖，人莫知其所適。一說五湖是太湖別名。

獨釣醒醒—指范蠡功成身退，隱居江湖，頭腦清醒。

水涵空—遠水連天。

琴臺—在靈巖山西北絕頂，春秋時吳國遺跡。

唐多令◎惜別

吳文英

何處合成愁？離人心上秋。
縱芭蕉、不雨也颼颼。
都道晚涼天氣好，有明月，怕登樓。
年事夢中休，花空煙水流。
燕辭歸、客尚淹留。
垂柳不縈裙帶住，漫長是、繫行舟。

心上秋—心上加秋字即合成「愁」字。

颼颼—形容風雨的聲音，此指風吹蕉葉聲。

年事—指歲月。

客—作者自指。

淹留—停留。

縈—繫住。

裙帶—指別去的女子。

夜合花◎白鶴江入京，泊葑門，有感。

吳文英

柳暝河橋，鶯清臺苑，短策頻惹春香。
當時夜泊，溫柔便入深鄉。
詞韻窄，酒杯長，剪燭花、壺箭催忙。
共追遊處，凌波翠陌，連棹橫塘。
十年一夢淒涼，
似西湖燕去，吳館巢荒。

白鶴江—即白鶴溪，在蘇州西邊。

葑門—作者自白鶴溪坐船去南宋都城臨安，途經蘇州東城的葑門，並在此停泊。

柳暝河橋—楊柳掩映的河橋。

臺苑—姑蘇臺的苑圃。

策—馬鞭。

詞韻窄—形容感情無法用詞章表達。

酒杯長—不住地喝酒。

壺箭催忙—指時光飛逝。壺箭，古代計時器，由漏壺和刻箭構成。

連棹—並排划渡。

吳館—春秋時吳王夫差為西施建造的館娃宮。此處借指舊日與妾同居處。

重來萬感，依前喚酒銀罌。
溪雨急，岸花狂，
趁殘鴉、飛過蒼茫。
故人樓上，憑誰指與，芳草斜陽？

罌—酒器，大腹小口。

憑誰指與—誰能為我指點。

南鄉子◎題南劍州妓館

潘牥

生怕倚闌干，閣下溪聲閣外山。
惟有舊時山共水，依然，
暮雨朝雲去不還。
應是躡飛鸞，月下時時整佩環。
月又漸低霜又下，更闌。
折得梅花獨自看。

南劍州－今福建南平市，位於福建省北部，地處武夷山脈北段東南側。因傳說干將莫邪在此「雙劍化龍」而得名劍州，後為與四川劍州區別，又名南劍州。

暮雲朝雨－指美人。

躡飛鸞－傳說中仙人多乘鸞騎鳳，此處比喻歌妓為仙子。

更闌－夜將盡。

賀新郎◎遊西湖有感

文及翁

一勺西湖水。
渡江來，
百年歌舞，百年酣醉。
回首洛陽花石盡，煙渺黍離之地。
更不復、新亭墮淚。
簇樂紅妝搖畫舫，
問中流、擊楫何人是？
千古恨，幾時洗？

「一勺」句—暗喻南宋皇室偏居臨安，眼界狹窄。

洛陽花石—指宋徽宗為建造園林宮苑，曾派人到各地蒐羅奇花異石。

黍離—《詩經．黍離》載，周大夫行經宗周，見故宗廟宮室盡為禾黍，憫周室之顛覆，徬徨不忍去，後世引為亡國之痛。

新亭墮淚—典出《世說新語．言語》，晉室南渡後，丞相王導等登新亭北望，愀然變色，

余生自負澄清志。
更有誰、磻溪未遇，傅巖未起？
國事如今誰倚仗，衣帶一江而已。
便都道、江神堪恃。
借問孤山林處士，
但掉頭、笑指梅花蕊。
天下事，可知矣。

後世指懷念故國或憂國傷時的悲憤心情。

簇樂紅妝—指笙簧競奏狎女尋歡作樂等景象。

中流擊楫—指晉祖逖統兵北伐，渡江中流，拍擊船槳，立誓收復中原。

千苦恨—指宋徽宗、欽宗被金人擄走的靖康之恥。

洗—洗雪。

澄清志—澄清天下之志。

磻溪—相傳姜子牙未遇周文王前曾在此垂釣。

傳巖—相傳傅說在傅巖築牆，殷高宗用為大臣，天下大治。

衣帶一江—指長江天險。

孤山林處士—指北宋時隱居杭州西湖孤山、種梅養鶴的林逋。

謁金門

花過雨，又是一番紅素。
燕子歸來愁不語，舊巢無覓處。
誰在玉關勞苦？誰在玉樓歌舞？
若使胡塵吹得去，東風侯萬戶。

李好古

紅素—紅白花朵。
覓—尋找。
玉關—玉門關，此泛指邊關。
玉樓—華美的高樓。
胡塵—指異族侵略。
「東風」句—封東風為萬戶侯。

柳梢青◎春感

劉辰翁

鐵馬蒙氈，銀花灑淚，春入愁城。
笛裡番腔，街頭戲鼓，不是歌聲。
那堪獨坐青燈，想故國高臺月明。
輦下風光，山中歲月，海上心情。

鐵馬－披著鐵甲的戰馬。

蒙氈－指馬背上披掛著毛氈。

銀花灑淚－指花燈似落淚。銀花，明亮的花燈。淚，指燭淚。

愁城－借指臨安。

「笛裡」二句－笛子吹奏外族腔調，街頭聽聞元人大鼓。

青燈－借指清苦的生活。

輦下－指京城。

海上心情－南宋愛國志士多逃亡至沿海一帶抗敵復國。

蘭陵王◎丙子送春

劉辰翁

送春去，春去人間無路。
鞦韆外、芳草連天，
誰遣風沙暗南浦。
依依甚意緒，漫憶海門飛絮。
亂鴉過、斗轉城荒，
不見來時試燈處。
春去誰最苦？
但箭雁沉邊，梁燕無主，

丙子—宋恭帝德佑二年，君臣被迫離杭復元大都。

送春—名為送春，實為抒發亡國之痛。

風沙—喻元軍。

南浦—借指江南水鄉之地。

海門飛絮—臨安淪陷，南宋的宗室貴族多從海上逃亡。此處指逃到南海的南宋宗室。

亂鴉—指南侵的元兵。

斗轉城荒—星辰轉了方位，城市變得荒蕪，此指改朝換代的巨大變故。

試燈—正月十五日元宵節前預賞花燈。

箭雁沉邊—中箭受傷的雁流

杜鵑聲裡長門暮。想玉樹凋土，淚盤如露。咸陽送客屢回顧，斜日未能度。

春去尚來否？正江令恨別，庾信愁賦，蘇堤盡日風和雨。嘆神遊故國，花記前度。人生流落，顧孺子，共夜語。

落邊塞，比喻被俘的南宋君臣。

梁燕無主—喻流散在南方的士子臣民。

玉樹凋土—比喻亡國。

淚盤如露—漢武帝造銅人手托盛露銅盤，魏明帝命將銅人從長安搬至洛陽，拆卸時據說銅人流淚，此處表示亡國之痛。

咸陽送客—指被俘北去之人。

江令恨別—南朝梁江淹黜為建安吳興令。

庾信愁賦—南朝梁庾信著《愁賦》，表達思念故國之情。

花記前度—表達人事變遷、今昔盛衰的感嘆。

孺子—作者之子劉將孫。

永遇樂

劉辰翁

余自乙亥上元，誦李易安《永遇樂》，為之涕下。今三年矣，每聞此詞，輒不自堪，遂依其聲，又託之易安自喻，雖辭情不及，而悲苦過之。

璧月初晴，黛雲遠淡，春事誰主？
禁苑嬌寒，湖堤倦暖，前度遽如許！
香塵暗陌，華燈明晝，長是懶攜手去。
誰知道、斷煙禁夜，滿城似愁風雨。

宣和舊日，臨安南渡，
芳景猶自如故。
緗帙流離，風鬟三五，能賦詞最苦。

李易安—李清照號易安居士。

璧月—以圓形的玉比喻明月。

黛雲—青黑色的雲。

禁苑—帝王的園林，禁百姓入內。

嬌寒—輕寒。

倦暖—令人感到困倦的暖意。

斷煙禁夜—炊煙斷絕，夜禁森嚴。指臨安城現狀淒涼。

宣和—宋徽宗年號，指北宋繁華時期。

臨安南渡—宋室渡江，定都臨安（今杭州）。

緗帙—淺黃色的書衣，代指書卷。帙，書卷。

江南無路，鄜州今夜，此苦又誰知否？
空相對、殘釭無寐，滿村社鼓。

風鬟－頭髮散亂。
三五－即十五元宵節。
「緗帙」三句－指李清照夫婦收藏的書畫於南渡時散佚大半；逢元宵節也是風鬟霜鬢，只能以哀愁的小詞自慰。
鄜州今夜－指與家人離散。用杜甫《月夜》：「今夜鄜州月，閨中只獨看。」
殘釭－殘燈。
社鼓－社日祭神的鼓聲。

西江月◎新秋寫興

劉辰翁

天上低昂似舊，人間兒女成狂。
夜來處處試新妝。
卻是人間天上。
不覺新涼似水，相思兩鬢如霜。
夢從海底跨枯桑。
閱盡銀河風浪。

低昂－起伏升降的意思。指日落月升、斗轉星移等天象變化。

「人間」句－感嘆人們似已忘卻家園之痛，依舊歡度新秋七夕。

試新妝－古代婦女兒童有在七夕著新衣的習俗。

海底枯桑－用《神仙傳》滄海屢變為桑田的典故，比喻世事變化很大。

虞美人◎聽雨

蔣捷

少年聽雨歌樓上，紅燭昏羅帳。
壯年聽雨客舟中，
江闊雲低，斷雁叫西風。
而今聽雨僧廬下，鬢已星星也。
悲歡離合總無情，
一任階前點滴到天明。

昏—指燭光昏暗。
羅帳—床上的紗幔。
斷雁—失群的孤雁。
僧廬—僧寺。
星星—形容白髮很多。
一任—聽憑。

一剪梅◎舟過吳江

蔣捷

一片春愁待酒澆，
江上舟搖，樓上簾招。
秋娘渡與泰娘橋，
風又飄飄，雨又蕭蕭。

何日歸家洗客袍？
銀字笙調，心字香燒。
流光容易把人拋，
紅了櫻桃，綠了芭蕉。

吳江—江蘇縣名。秋娘渡、泰娘橋均為吳江地名。

澆—浸灌，消除。

簾招—酒旗。

蕭蕭—形容雨聲。

銀字笙—笙管樂器。

心字香—形狀迴環如篆書「心」字的盤香。

梅花引◎荊溪阻雪

蔣捷

白鷗問我泊孤舟，
是身留，是心留？
心若留時，何事鎖眉頭？
風拍小簾燈暈舞，
對閒影，冷清清，憶舊遊。
舊遊舊遊今在否？
花外樓，柳下舟。
夢也夢也，夢不到，寒水空流。

荊溪－在蔣捷故鄉宜興。

白鷗－白鷺。

身留－被雪所阻，羈留不能動身。

心留－心甘情願留下。

「風拍小樓」四句－燈下憶及往日與友伴夜遊的情景。燈暈舞，昏暗的燈光搖曳不定。

漠漠黃雲，濕透木棉裘。
都道無人愁似我，
今夜雪，有梅花，似我愁。

漠漠—濃雲密布貌。
黃雲—指昏黃的天空。
木棉裘—木棉為絮的冬衣。

一萼紅◎登蓬萊閣有感

周密

步深幽。
正雲黃天淡，雪意未全休。
鑑曲寒沙，茂林煙草，俯仰千古悠悠。
歲華晚、飄零漸遠，
誰念我、同載五湖舟？
磴古松斜，崖陰苔老，一片清愁。
回首天涯歸夢，
幾魂飛西浦，淚灑東州。

蓬萊閣－在浙江紹興臥龍山下。

雲黃－指昏黃的天色。

鑑曲－鑑湖水曲。鑑湖原名鏡湖，相傳黃帝鑄鏡於此而得名，唐代詩人賀知章告老隱居於此。

俯仰－須臾之間。

五湖舟－用范蠡泛舟太湖的典故。

磴－石階。

西浦、東州－皆為紹興地名。

故國山川，故園心眼，還似王粲登樓。
最憐他、秦鬟妝鏡，
好江山、何事此時遊。
為喚狂吟老監，共賦銷憂。

王粲登樓—指王粲作《登樓賦》懷念遠方家鄉。
秦鬟妝鏡—比喻山明水秀的地方。
秦鬟，指紹興秦望山。
妝鏡，指鑑湖水平如鏡。
狂吟老監—指唐代詩人賀知章。賀知章曾任祕書監，自號四明狂客。

聞鵲喜◎吳山觀濤

天水碧，染就一江秋色。
鰲戴雪山龍起蟄，
快風吹海立。
數點煙鬟青滴，一杼霞綃紅濕。
白鳥明邊帆影直，
隔江聞夜笛。

周密

吳山—今杭州東南，是歷代觀看錢塘大潮的勝地。
天水碧—水天淺青，顯得風平浪靜。
鰲—神話中負載海上仙山的大龜。
龍起蟄—蟄伏海底的巨龍從夢中驚醒。
快—有痛快、爽快之意。
煙鬟—形容雲霧繚繞的峰巒。
青滴—青翠欲滴。
「一杼」句—形容江上雲霞似一幅紅綃。杼，織布機的梭子。
白鳥—鷗鳥。

高陽臺◎送陳君衡被召

周密

照野旌旗，朝天車馬，
平沙萬里天低。
寶帶金章，尊前茸帽風欹。
秦關汴水經行地，
想登臨、都付新詩。
縱英遊、疊鼓清笳，駿馬名姬。
酒酣應對燕山雪，
正冰河月凍，曉隴雲飛。

陳君衡—宋亡後，曾應召至元大都，不仕而歸。

朝天—朝見天子。

寶帶—絲織的印綬。

金章—官印。

茸帽風欹—連皮帽也幾乎被風吹走。

秦關汴水—泛指中原一帶。

縱英遊—縱情歡遊。

投老殘年，江南誰念方回？
東風漸綠西湖岸，
雁已還、人未南歸。
最關情、折盡梅花，難寄相思。

投老—到老、臨老。

方回—北宋詞人賀鑄字，此處作者自指，謂殘年垂老，隱居江南，又有誰念及呢？

「東風」句—王安石《駁船瓜洲》詩：「春風又綠江南岸」，此借其意。

關情—牽動情懷。

眉嫵◎新月

王沂孫

漸新痕懸柳，
淡彩穿花，依約破初暝。
便有團圓意，
深深拜，相逢誰在香徑？
畫眉未穩，料素娥，猶帶離恨。
最堪愛，一曲銀鉤小，
寶簾掛秋冷。
千古盈虧休問，

新痕—新月。

淡彩—微光。

破初暝—彷彿將剛擦黑的天空劃破一條線。

團圓意—唐代牛希濟《生查子》：「新月曲如眉，未有團圓意。」此處反用其意。

深深拜—古代婦女有拜新月風俗，以祈求團圓。

未穩—未完。

素娥—嫦娥。

銀鉤—指新月。

盈虧—月的圓缺。

嘆慢磨玉斧，難補金鏡。
太液池猶在，
淒涼處、何人重賦清景？
故山夜永，
試待他、窺戶端正。
看雲外山河，還老盡、桂花影。

「嘆慢磨」二句—以缺月難補比喻殘破山河難以收拾。金鏡，喻月。

太液池—漢武帝所建，在長安宮中。此處指宋朝的宮苑亭臺。

夜永—夜長。

端正—形容月亮正圓。

「看雲外」二句—感嘆國土淪喪，時光虛擲。

齊天樂◎蟬

王沂孫

一襟餘恨宮魂斷，年年翠陰庭樹。
乍咽涼柯，
還移暗葉，重把離愁深訴。
西窗過雨，
怪瑤佩流空，玉箏調柱。
鏡暗妝殘，為誰嬌鬢尚如許？
銅仙鉛淚似洗，
嘆移盤去遠，難貯零露。

「一襟」二句—用「齊后飲恨而死，屍變為蟬，登庭樹嘒唳」的典故，因稱蟬為宮魂。

涼柯—秋天的樹枝。

「瑤佩」二句—喻蟬鳴聲。

嬌鬢—女子的髮式，望之如蟬翼。

「銅仙」三句—用魏明帝命人遷移捧露盤仙人典，指改朝換代的遺民傷痛。

病翼驚秋，枯形閱世，
消得斜陽幾度？
餘音更苦，甚獨抱清商，頓成淒楚。
漫想薰風，柳絲千萬縷。

枯形閱世—枯槁的形骸還留在世上歷經滄桑。
清商—悲淒的曲調。
漫想—空想。
薰風—南風，指夏日。夏天是蟬的黃金時代，此處借指南宋盛世。

高陽臺◎和周草窗寄越中諸友韻

王沂孫

殘雪庭陰，輕寒簾影，霏霏玉管春葭。小帖金泥，不知春是誰家？相思一夜窗前夢，奈個人、水隔天遮。但淒然、滿樹幽香，滿地橫斜。

江南自是離愁苦，況遊驄古道，歸雁平沙。

周草窗—周密，號草窗。

玉管春葭—古代用蘆葦灰裝在律管中，節候到則灰管通，玉管春葭即代表春天。葭，蘆葦。

小帖金泥—黃金屑塗在紙上為泥金，古代立春之日掛泥金小帖，帖子上或寫「宜春」二字，或寫詩句。

奈—無奈。

個人—指伊人。

「滿樹」二句—形容梅花盛開的樣子。

遊驄古道—在古道上策馬奔

怎得銀箋，殷勤與說年華。
如今處處生芳草，
縱憑高、不見天涯。
更消他，幾度東風，幾度飛花。

馳。
銀箋—信紙。

念奴嬌◎驛中言別

鄧剡

水天空闊，
恨東風不惜世間英物。
蜀鳥吳花殘照裡，忍見荒城頹壁。
銅雀春情，金人秋淚，
此恨憑誰雪？
堂堂劍氣，斗牛空認奇傑。
那信江海餘生，
南行萬里，屬扁舟齊發。

世間英物－指文天祥。

蜀鳥－指杜鵑鳥，相傳為蜀亡國之君杜宇的化身。

吳花－曾生長在吳國宮中的花。

銅雀春情－漢獻帝建安年間，曹操築銅雀臺。此指宋亡之後，宮嬪被擄入元之事。

金人秋淚－指宋室寶器被運至大都。

「堂堂劍氣」二句－指自己生長在氣沖斗牛之地，卻辜負朝廷期許。

正為鷗盟留醉眼，細看濤生雲滅。

睨柱吞嬴，回旗走懿，千古衝冠髮。

伴人無寐，秦淮應是孤月。

鷗盟—與鷗鳥訂下盟約，表無心世事。

睨柱吞嬴—趙國丞相藺相如身立秦庭，持璧睨柱，氣吞秦王的那種氣魄。

回旗走懿—指蜀國丞相諸葛亮死後，還能嚇退司馬懿的那種威嚴。

無寐—無法入眠。

酹江月◎和友驛中言別

文天祥

乾坤能大，算蛟龍、元不是池中物。
風雨牢愁無著處，那更寒蛩四壁。
橫槊題詩，登樓作賦，萬事空中雪。
江流如此，方來還有英傑。

堪笑一葉飄零，重來淮水，正涼風新發。

能—如許。

蛟龍—喻豪傑。

元—同「原」。

牢愁—憂愁。

橫槊題詩—蘇東坡在《前赤壁賦》裡稱曹操「釃酒臨江，橫槊賦詩，固一世之雄也。」

登樓作賦—漢末中原大亂，王粲南下依附劉表，登當陽城樓，作《登樓賦》懷鄉。

方來—將來。

淮水—此指秦淮河。

鏡裡朱顏都變盡，只有丹心難滅。

去去龍沙，

向江山回首，一線青如髮。

故人應念，杜鵑枝上殘月。

丹心—赤忱之心。

龍沙—泛指塞外沙漠之地。

「一線」句—青山遠望，其輪廓僅如髮絲。極言其遙遠。

「杜鵑」句—唐崔塗《春夕旅懷》詩：「蝴蝶夢中家萬里，杜鵑枝上月三更。」

滿江紅

王清惠

太液芙蓉，渾不似、舊時顏色。
曾記得、春風雨露，玉樓金闕。
名播蘭簪妃后裡，
暈潮蓮臉君王側。
忽一聲、鼙鼓揭天來，繁華歇。
龍虎散，風雲滅。
千古恨，憑誰說？
對山河百二，淚盈襟血。

太液芙蓉－漢唐宮中池名，此借指南宋宮苑。
渾不似－全不似。
春風雨露－比喻君恩。
蘭簪－本為女子首飾，此處借喻宮中后妃。
暈潮－形容臉上泛起羞紅。
鼙鼓－戰鼓。

「龍虎」二句－指王朝覆亡、君臣離散。
山河百二－指險固的山河要塞。

驛館夜驚塵土夢，
宮車曉碾關山月。
問姮娥、於我肯從容，同圓缺。

驛館—旅途中居住的地方。

肯從容—意指是否容許相伴隨。

高陽臺◎西湖春感

張炎

接葉巢鶯，平波捲絮，斷橋斜日歸船。能幾番遊？看花又是明年。東風且伴薔薇住，到薔薇、春已堪憐。更淒然，萬綠西泠，一抹荒煙。當年燕子知何處？但苔深韋曲，草暗斜川。

接葉—形容樹葉茂密。杜甫《陪鄭廣文遊何將軍山林》：「卑枝低結子，接葉暗巢鶯。」

斷橋—在杭州白沙堤東，西湖孤山側面。「斷橋殘雪」是西湖十景之一。

西泠—西湖橋名，在白沙堤西，是內外湖的分界。

韋曲—在陝西長安城南明德

見說新愁，如今也到鷗邊。
無心再續笙歌夢，
掩重門、淺醉閒眠。
莫開簾，怕見飛花，怕聽啼鵑。

門外，唐代的名門望族韋氏世居於此。此處借指南宋時達官顯貴的邸宅。

斜川—在江西。陶潛有《遊斜川詩》歌詠其景。此處借指山林隱士的居所。

「見說」二句—謂海上的鷗鷺也感染了詞人的哀愁。

八聲甘州

辛卯歲，沈堯道同余北歸，各處杭、越。逾歲，堯道來問寂寞，語笑數日，又復別去。賦此曲，並寄趙學舟。

張炎

記玉關、踏雪事清遊，
寒氣脆貂裘。
傍枯林古道，
長河飲馬，此意悠悠。
短夢依然江表，老淚灑西州。
一字無題處，落葉都愁。
載取白雲歸去，

沈堯道—沈欽，是張炎的詞友。
北歸—從元大都回到南方。
趙學舟—字元父，是宋趙王室的宗室之親，也是張炎的詞友。
玉關—即玉門關。此處泛指北地邊塞。
脆貂裘—貂皮袍在朔風中變得脆硬。
江表—江南。
西州—用羊曇哭謝安典，以東晉都城西州代指南宋故都臨安。
「一字」二句—借唐人紅葉題詩代指題詩寄給沈堯道。
「載取」句—代表隱居之意。

問誰留楚佩，弄影中洲？
折蘆花贈遠，零落一身秋。
向尋常、野橋流水，
待招來、不是舊沙鷗。
空懷感，有斜陽處，卻怕登樓。

「問誰留」二句—寫惜別之情。楚佩，指楚女湘夫人的佩玉，借喻詞人與沈堯道的友情。

舊沙鷗—志同道合的舊友。

「空懷感」三句—化用辛棄疾《摸魚兒》詞：「休去倚危樓，斜陽正在，煙柳斷腸處。」

清平樂

張炎

採芳人杳，頓覺遊情少。
客裡看春多草草，總被詩愁分了。
去年燕子天涯，今年燕子誰家？
三月休聽夜雨，如今不是催花。

採芳人—遊春採花的少女。
杳—沒有踪跡。
草草—草率了事。
燕子—詞人自喻。
誰家—何處。
夜雨—指暮春急雨。
催花—指暮春急雨不是催促花開而是摧花折葉。

渡江雲◎山陰久客，王菊存問予近作，書以寄之。

張炎

山空天入海，倚樓望極，風急暮潮初。一簾鳩外雨，幾處閒田，隔水動春鋤。新煙禁柳，想如今、綠到西湖。猶記得、當年深隱，門掩兩三株。

愁余，荒洲古溆，斷梗疏萍，更漂流何處？

山陰－今浙江紹興。

王菊存－作者友人。

一簾鳩外雨－簾外雨中鳩鳴聲聲。

動春鋤－開始春耕。

禁柳－此泛指西湖一帶柳樹。

愁余－我是多麼憂愁煩悶。

溆－水邊。

斷梗－比喻漂流無定的旅人。

空自覺、圍羞帶減，影怯燈孤。
長疑即見桃花面，
甚近來、翻致無書。
書縱遠，如何夢也都無？

圍羞帶減—腰身消瘦。
桃花面—指佳人。
夢也都無—連夢都沒有。

疏影◎詠荷葉

張炎

碧圓自潔，向淺洲遠浦，亭亭清絕。
猶有遺簪，不展秋心，
能捲幾多炎熱？
鴛鴦密語同傾蓋，
且莫與、浣紗人說。
恐怨歌、忽斷花風，碎卻翠雲千疊。
回首當年漢舞，
怕飛去、漫皺留仙裙褶。

碧圓—指荷葉。
浦—水邊。
遺簪—指剛出水面尚未展開的嫩荷葉。
傾蓋—車蓋相碰，表示一見如故。
浣紗人—春秋時越國美人西施原是浣紗女，此指怨女。
怨歌—指秋聲。
花風—應花期而來的風。
漢舞—指漢趙飛燕掌中起舞的纖纖姿態。
留仙裙褶—趙飛燕善舞，酒酣風起，似欲仙去。漢成帝急

戀戀青衫，猶染枯香，
還嘆鬢絲飄雪。
盤心清露如鉛水，
又一夜、西風吹折。
喜淨看、匹練飛光，倒瀉半湖明月。

令人拉住她的裙子，裙為之皺褶。後人效法她，襞裙為皺，號為「留仙裙」。此處形容荷葉多皺褶。

青衫—指綠荷葉。

「盤心」句—用金銅仙人典故。

淨看—只見。

匹練飛光—形容月光如絲綢般瑩白光潔。

【附錄】

唐五代詞

菩薩蠻

平林漠漠煙如織，
寒山一帶傷心碧。
暝色入高樓，有人樓上愁。
玉階空佇立，宿鳥歸飛急。
何處是歸程，長亭更短亭。

李白

平林—遠望一片平展的樹林。
漠漠—形容迷濛，一作廣布貌。
一帶—秋山遠望似帶。
傷心碧—指寒山之碧有著令人傷感的色彩。一說「傷心」表示程度，是極度的意思。
暝色—暮色。
空佇立—指等待良久，有虛耗徒勞之意。
長亭、短亭—古代設在官道旁的亭舍，十里一長亭，五里一短亭，供行人休息。

憶秦娥

李白

簫聲咽，秦娥夢斷秦樓月。
秦樓月，年年柳色，灞陵傷別。
樂遊原上清秋節，咸陽古道音塵絕。
音塵絕，西風殘照，漢家陵闕。

娥—女子美稱。秦娥即長安女子。
秦樓—秦女所住之樓，後為妓院別稱。
灞陵—漢文帝陵墓，在長安東，灞水之上築有灞陵橋，為唐人送別處。
樂遊原—長安南郊，漢宣帝樂遊苑故址，登臨可遠眺長安城。
清秋節—農曆九月九日重陽節。
咸陽古道—古咸陽在今陝西咸陽東，是秦朝的京城。咸陽古道就是長安道。
音塵—車行走時發出的聲音和揚起的塵土。
殘照—落日餘輝。
漢家陵闕—即漢代諸帝陵墓，闕為墓道兩側並立的石闕。

漁歌子

張志和

西塞山前白鷺飛，
桃花流水鱖魚肥。
青箬笠，綠簑衣，斜風細雨不須歸。

西塞山—今浙江吳興縣西。

鱖魚—巨口細鱗，肉質白嫩鮮美。

箬笠—箬葉製成的斗笠。

簑衣—簑草編製的雨衣。

調笑令【二首·其一】

韋應物

胡馬，胡馬，遠放燕支山下。
跑沙跑雪獨嘶，東望西望路迷。
迷路，迷路，邊草無窮日暮。

【二首·其二】

河漢，河漢，曉掛秋城漫漫。
愁人起望相思，江南塞北別離。
離別，離別，河漢雖同路絕。

燕支山—又作焉支山、胭脂山，地處甘肅境內，水草豐美，宜於放牧。相傳當年霍去病出兵臨洮，曾越燕支山大破匈奴。

跑—同刨，以足刨地之意。

嘶—馬鳴聲。

迷路—寫征人遠戍的心情。

河漢—銀河。

漫漫—形容闊長。

愁人—心懷憂愁的人。

「河漢」句—仰望銀河雖同，但已天各一方，音訊難通。

調笑令

戴叔倫

邊草，邊草，邊草盡來兵老。
山南山北雪晴，千里萬里月明。
明月，明月，胡笳一聲愁絕。

邊—指邊境要塞之地。
「山南」句—山遠雪霽，暗喻久戍不歸。
「千里」句—明月千里，襯托征人思鄉情切。
胡笳—塞北、西域一帶樂器，聲調激越淒清。

宮中調笑【二首．其一】

王建

團扇，團扇，美人病來遮面。
玉顏憔悴三年，誰復商量管弦？
絃管，絃管，春草昭陽路斷。

【二首．其二】

楊柳，楊柳，日暮白沙渡口。
船頭江水茫茫，商人少婦斷腸。
腸斷，腸斷，鷓鴣夜飛失伴。

團扇—圓形紈扇，班婕妤以團扇「棄捐篋笥」喻美人失寵。

商量—理會。

管弦—用絲竹作的樂器。

昭陽—漢成帝與趙飛燕和其妹趙合德所居，後指得寵者的居所。

鷓鴣—形如雌雉，頭如鶉，啼聲如「行不得也哥哥」。此為唐宋詞家以鷓鴣入詞的第一首，被賦予幽恨哀思的基調。

竹枝詞【三首·其一】

劉禹錫

山桃紅花滿上頭，
蜀江春水拍山流。
花紅易衰似郎意，
水流無限似儂愁。

【三首·其二】

山上層層桃李花，
雲間煙火是人家。
銀釧金釵來負水，

山桃—落葉喬木，開紅或白花。
滿—喻山桃繁花之盛。
拍山流—寫出水戀山依的情意。
儂—我。

雲間—形容山之高聳。
煙火—村落炊煙。
銀釧金釵—銀鐲與髮簪，代指婦女。
負水—擔水，準備做飯。

長刀短笠去燒畬。

【三首・其三】

楊柳青青江水平，
聞郎江上唱歌聲。
東邊日出西邊雨，
道是無晴還有晴。

長刀短笠—借指壯年男子。

燒畬—放火燒荒，準備播種。

「東邊」句—形容春天晴雨不定，暗喻心情起伏不定。

晴—與「情」諧音雙關，寫出少女初戀懷春的微妙心情。

浪淘沙

劉禹錫

汴水東流虎眼文，
清淮曉色鴨頭春。
君看渡口淘沙處，
渡卻人間多少人。

汴水—此指隋煬帝開通濟渠的東段。
虎眼文—形容水紋很細。
鴨頭春—唐時稱某種顏色為鴨頭春，此形容春水之綠。
淘沙—淘洗沙礫取金。

瀟湘神【二首·其一】

劉禹錫

湘水流，湘水流，九疑雲物至今愁。
君問二妃何處所，零陵香草露中秋。

【二首·其二】

斑竹枝，斑竹枝，淚痕點點寄相思。
楚客欲聽瑤瑟怨，瀟湘深夜月明時。

九疑—山名，在湖南寧遠縣南。

雲物—古代以雲色辨水旱豐荒之象。

二妃—堯的女兒娥皇、女英，為舜的妃子。

零陵—舜葬地。

斑竹—即湘妃竹。相傳堯二女哭舜，淚下沾竹成斑。

楚客—楚人屈原遭貶謫於江南，後泛指湘沅逐客。此為作者自喻。

瑤瑟—以美玉裝飾的瑟。

憶江南【二首·其一】

白居易

江南好，風景舊曾諳：
日出江花紅勝火，
春來江水綠如藍。
能不憶江南？

【二首·其二】

江南憶，最憶是杭州：
山寺月中尋桂子，
郡亭枕上看潮頭。
何日更重遊？

諳－熟悉。

藍－藍草，其葉可製青綠染料。

「山寺」句－相傳杭州天竺寺，年年中秋有桂子自月中落下。宋之問〈靈隱寺〉詩則云：「桂子月中落，天香雲外飄。」

郡亭－指杭州郡守宮署內名「虛舟」之小亭，位於鳳凰山後。

枕上－閒適高臥之意。

潮－指農曆八月中秋前後的錢塘江潮。

長相思

白居易

汴水流，泗水流，流到瓜洲古渡頭。

吳山點點愁。

思悠悠，恨悠悠，恨到歸時方始休。

月明人倚樓。

汴水—即汴河。

泗水—源自山東，至徐州與汴水匯合。

瓜洲—古運河與長江交匯處，著名的千年古渡，因形狀如瓜得名。今江蘇揚州境內。

吳山—泛指江南一帶群山。

恨—指別時的不捨與悵恨

悠悠—情思悠遠深長。

夢江南【二首·其一】

皇甫松

蘭燼落，屏上暗紅蕉。閒夢江南梅熟日，夜舡吹笛雨瀟瀟。人語驛邊橋。

【二首·其二】

樓上寢，殘月下簾旌。夢見秣陵惆悵事，桃花柳絮滿江城。雙髻坐吹笙。

蘭燼—燈花餘燼似蘭。

暗紅蕉—更深燭盡，畫屏上的美人蕉模糊不清。

舡—船。

瀟瀟—形容風雨聲。

驛—驛亭，古代公差或行旅暫歇處。

簾旌—簾端所綴之布帛，此指簾幕。

秣陵—今南京市。

雙髻—唐代婦女流行梳螺髻，此指頭梳雙髻。

笙—古老的簧管樂器。

菩薩蠻【二首·其一】

小山重疊金明滅，
鬢雲欲度香腮雪。
懶起畫蛾眉，弄妝梳洗遲。
照花前後鏡，花面交相映。
新帖繡羅襦，雙雙金鷓鴣。

溫庭筠

小山重疊—一說小山指床前屏上所畫風景，一說小山是眉樣。重疊指蹙眉或殘妝未卸。
金—指日光。
鬢雲—形容女子鬢髮如雲鬆散。
度—微掩。
腮—臉龐。
蛾眉—美人眉形似娥，細長彎曲。
弄妝—擺弄妝飾，修飾欣賞的樣子。
前後鏡—用兩面鏡前後同照。
帖—縫貼。
襦—短襖。
金鷓鴣—用金線繡成鷓鴣鳥。

【二首・其二】

玉樓明月長相憶，柳絲裊娜春無力。
門外草萋萋，送君聞馬嘶。
畫羅金翡翠，香燭銷成淚。
花落子規啼，綠窗殘夢迷。

玉樓—樓閣的美稱。
裊娜—輕柔嫵媚貌。
萋萋—茂盛。
畫羅—飾有圖案的羅帳。
金翡翠—用金線繡成的翡翠鳥。
子規—杜鵑鳥，又名杜宇，啼聲哀怨。
綠窗—綠紗窗。

更漏子【二首·其二】

溫庭筠

柳絲長，春雨細，花外漏聲迢遞。驚塞雁，起城烏，畫屏金鷓鴣。

香霧薄，透簾幕，惆悵謝家池閣。紅燭背，繡幃垂，夢長君不知。

漏聲—更漏聲。古代一夜五更，以銅製漏壺盛水計時，有滴水聲。

迢遞—悠遠貌。

城烏—築巢於城牆屋脊上的烏。

香霧薄—室內燃香，如薄霧瀰漫。

謝家—謝娘家，此指女子閨閣。唐代宰相李德裕寵眷名歌妓謝秋娘，築華屋貯之，後稱歌妓為謝娘。

背—不滅燭而以物遮使暗。

【二首·其二】

玉爐香，紅蠟淚，偏照畫堂秋思。
眉翠薄，鬢雲殘，夜長衾枕寒。
梧桐樹，三更雨，不道離情正苦。
一葉葉，一聲聲，空階滴到明。

畫堂—華麗的居室。
眉翠薄—眉上翠黛褪色變淡。
鬢雲殘—如雲的秀髮散亂不整。
衾—被子。
不道—不管、不顧。

望江南【二首·其一】

溫庭筠

梳洗罷，獨倚望江樓。過盡千帆皆不是，斜暉脈脈水悠悠。腸斷白蘋洲。

望江樓——指江畔思婦眺望之樓。
千帆——千船的代指。
斜暉——夕陽西下。
脈脈——形容情思不斷。
白蘋洲——江中長有白蘋的小渚。

【二首·其二】

千萬恨，恨極在天涯。山月不知心裡事，水風空落眼前花。搖曳碧雲斜。

千萬恨——形容恨意滿腔噴薄，苦不堪言。
搖曳——晃動。

菩薩蠻【五首·其一】

韋莊

紅樓別夜堪惆悵，香燈半捲流蘇帳。
殘月出門時，美人和淚辭。
琵琶金翠羽，弦上黃鶯語，
勸我早歸家，綠窗人似花。

【五首·其二】

人人盡說江南好，遊人只合江南老。
春水碧於天，畫船聽雨眠。

紅樓—本指富貴人家的住所，後通稱女子住所。

別夜—離別之夜。

香燈—焚香和燃燈，古代有薰香的習慣，尤其是富貴人家。

流蘇—用羽毛或絲線做成的穗子。

金翠羽—琵琶面板上嵌金點翠的桿撥。

綠窗—綠紗窗，指女子居處。

合—應該。

畫船—裝飾華美的遊船。

壚邊人似月，皓腕凝雙雪。
未老莫還鄉，還鄉須斷腸。

【五首‧其三】

如今卻憶江南樂，當時年少春衫薄。
騎馬倚斜橋，滿樓紅袖招。
翠屏金屈曲，醉入花叢宿。
此度見花枝，白頭誓不歸。

壚—賣酒之處，累土為壚，以居酒瓮，四邊隆起一面高，形如鍛壚。
壚邊人—引卓文君從司馬相如後當壚賣酒的典故。
人似月—喻美貌。
凝雙雪—形容肌膚雪白柔滑。

紅袖—指美女。

屈曲—窗戶或屏風上的環紐，供開關摺疊之用。
此度見花枝—指如今年華已老，竟又遇到了一位知情解意的紅粉知己，花枝指美人。

【五首・其四】

勸君今夜須沉醉，樽前莫話明朝事。
珍重主人心，酒深情亦深。
須愁春漏短，莫訴金盃滿。
遇酒且呵呵，人生能幾何。

樽─酒杯。

春漏短─春夜短暫。
訴─推辭。
金盃滿─斟酒滿杯，喻盡情一醉。
呵呵─笑聲。
人生能幾何─人生能有多久。

【五首·其五】

洛陽城裡春光好，洛陽才子他鄉老。

柳暗魏王堤，此時心轉迷。

桃花流水淥，水上鴛鴦浴。

凝恨對殘暉，憶君君不知。

洛陽才子—指韋莊自己。

魏王堤—唐時名勝之一。洛水流入洛陽城，過皇城端門，經尚善、旌善兩坊之北，南溢為池，貞觀中賜魏王泰，故名魏王池，有堤與洛水相隔，名魏王堤。

心轉迷—心志淒迷。

淥—水清的樣子。

浴—戲水貌。

凝恨—愁恨聚結在一起。

荷葉盃

韋莊

記得那年花下，深夜，初識謝娘時。
水堂西面畫簾垂，攜手暗相期。
惆悵曉鶯殘月，相別，從此隔音塵。
如今俱是異鄉人，相見更無因。

謝娘—唐人常稱歌妓為謝娘，此指美貌女子。
水堂—臨水堂榭。
相期—相約。
音塵—指音信。

天仙子

夢覺雲屏依舊空，杜鵑聲咽隔簾櫳。
玉郎薄倖去無蹤，
一日日，恨重重，
淚界蓮腮兩線紅。

韋莊

雲屏—雲母裝飾的屏風。
簾櫳—泛指門窗的簾子。
玉郎—男子的美稱。
薄倖—薄情、負心。
界—劃分。
蓮腮—形容女子臉龐清麗如蓮。

女冠子

韋莊

昨夜夜半，枕上分明夢見，語多時。
依舊桃花面，頻低柳葉眉。
半羞還半喜，欲去又依依。
覺來知是夢，不勝悲。

桃花面—用崔護「人面桃花相映紅」詩意。
柳葉眉—眉形細長像柳葉。

依依—戀戀不捨貌。

不勝—不禁。

思帝鄉

韋莊

春日遊，杏花吹滿頭。
陌上誰家年少，足風流。
妾擬將身嫁與，一生休。
縱被無情棄，不能羞。

陌上—遊春男女雲集之地。
足—夠。
妾—女子自稱。
擬—打算。
一生休—這一生就夠了。
縱—縱然。

浣溪沙

薛昭蘊

紅蓼渡頭秋正雨，印沙鷗跡自成行。
整鬟飄袖野風香。
不語含顰深浦裡，幾回愁煞棹船郎。
燕歸帆盡水茫茫。

紅蓼—開紅花的水蓼。

整鬟—梳理髮鬟。

含顰—愁眉不展。

浦—水濱。

棹船郎—撐船的人。

江城子

牛嶠

鵁鶄飛起郡城東。
碧江空，半灘風。
越王宮殿，蘋葉藕花中。
簾捲水樓魚浪起，千片雪，雨濛濛。

鵁鶄—水鳥，又名池鷺。

郡城—此指古會稽（今浙江紹興）。

越王宮殿—基座為磚砌構造的越王臺，是宋代建築遺址，相傳春秋時越王句踐登臨於此。

蘋—水草名。

藕花—荷花。

魚浪—秋水魚肥，逐浪出沒。

濛濛—迷茫不清。

醉花間

毛文錫

休相問，怕相問，相問還添恨。
春水滿塘生，鸂鶒還相趁。
昨晚雨霏霏，臨明寒一陣。
偏憶戍樓人，久絕邊庭信。

鸂鶒—一種比鴛鴦稍大的紫色水鳥。

趁—追逐。

臨明—即將天明。

戍樓—古時邊防駐軍築以望遠。

邊庭—邊關。

臨江仙

毛文錫

暮蟬聲盡落斜陽，銀蟾影挂瀟湘。
黃陵廟側水茫然。
楚江紅樹，煙雨隔高唐。
岸泊漁燈風颭碎，白蘋遠散濃香。
靈娥鼓瑟韻清商。
朱弦淒切，雲散碧天長。

銀蟾—指月亮。
瀟湘—瀟水和湘水，皆在湖南。
黃陵廟—在湘水入洞庭湖處，為祭舜二妃娥皇、女英之廟，又稱二妃廟。
楚江—流經楚地的長江。
高唐—楚國臺觀名。
颭—風吹使顫動。
白蘋—開白花的蘋草。
靈娥—美女，此指舜之二妃。
清商—古代五音之一，其調淒清悲涼。
朱弦—用熟絲製作的琴弦。

生查子【二首・其二】

牛希濟

春山煙欲收，天淡星稀小。殘月臉邊明，別淚臨清曉。

語已多，情未了，回首猶重道：記得綠羅裙，處處憐芳草。

煙—指山間霧氣。

殘月—彎月。

了—完結。

重道—再次叮嚀。

記得綠羅裙—用江總〈賦春草〉「雨過草芊芊，連雲鎖南陌。門前君試看，是妾羅裙色」詩意。

芳草—代指女子。

【二首・其二】

新月曲如眉，未有團圞意。
紅豆不堪看，滿眼相思淚。
終日劈桃穰，人在心兒裡，
兩朵隔牆花，早晚成連理。

團圞－團圓。
紅豆－相思樹子。
滿眼相思淚－用王維「此物最相思」詩意。
桃穰－桃核。
人－與仁（即桃仁）同音。
早晚－此謂何時。
連理－即連理枝。

南鄉子【三首・其一】

歐陽炯

畫舸停橈，槿花籬外竹橫橋。

水上遊人沙上女。

回顧。笑指芭蕉林裡住。

【三首・其二】

岸遠沙平，日斜歸路晚霞明。

孔雀自憐金翠尾。

畫舸—畫船。

橈—船槳。

槿花—落葉灌木，夏天開紅或白花。

沙—沙岸。

金翠尾—指雄孔雀尾羽發達，絢麗多彩。

臨水，認得行人驚不起。

【三首·其三】

路入南中，桄榔葉暗蓼花紅。兩岸人家微雨後。收紅豆。葉底纖纖抬素手。

驚不起—指未受侵擾。

南中—泛指南部。

桄榔—常綠喬木，產於南方。

蓼花—水邊開紅或白花的花，其葉辛香。

紅豆—紅豆樹結子紅色，又稱相思豆。

纖纖—輕柔貌。

江城子

歐陽炯

晚日金陵岸草平，落霞明，水無情。六代繁華，暗逐逝波聲。空有姑蘇臺上月，如西子鏡照江城。

金陵－古地名，今南京市及江寧縣地。
落霞－晚霞。
六代－即吳、東晉、宋、齊、梁、陳，是為六朝，皆建都在金陵。
暗逐逝波聲－隨江水東流聲而消逝。
姑蘇臺－在蘇州市西南姑蘇山上，春秋時吳王闔閭所築，夫差於臺上立春宵宮，為長夜之飲。
西子－春秋美女西施，由越王勾踐獻給吳王夫差。
江城－指金陵，古屬吳地。

訴衷情

顧夐

永夜拋人何處去？絕來音。香閣掩，眉斂，月將沉。爭忍不相尋？怨孤衾。換我心，為你心，始知相憶深。

永夜—長夜。

絕來音—人聲成絕響。

香閣掩—閨門緊閉。

眉斂—蹙眉。

爭忍—怎忍。

衾—被子。

臨江仙

鹿虔扆

金鎖重門荒苑靜，綺窗愁對秋空。
翠華一去寂無蹤。
玉樓歌吹，聲斷已隨風。

煙月不知人事改，夜闌還照深宮。
藕花相向野塘中，
暗傷亡國，清露泣香紅。

金鎖—雕鏤在宮門上的金色圖案。
綺窗—雕刻精緻的窗子。
翠華—以翠羽為旗飾。
玉樓—樓之美稱。
歌吹—歌聲和吹奏管樂的聲音。

夜闌—夜深。

清露—清晨的露珠。
香紅—指荷花。

巫山一段雲

李珣

古廟依青嶂，行宮枕碧流。
水聲山色鎖妝樓。
往事思悠悠。

雲雨朝還暮，煙花春復秋。
啼猿何必近孤舟。
行客自多愁。

古廟－指神女祠。

青嶂－山巒起伏如屏嶂。

行宮－皇帝出行所住的地方，此指楚王的細腰宮。

妝樓－行宮內的梳妝樓閣。

雲雨朝還暮－用宋玉〈高唐賦〉記巫山神女自稱「旦為朝雲，暮為行雨」事。

煙花－泛指自然界美麗的景物。

啼猿何必近孤舟－用「巴東三峽巫峽長，猿鳴三聲淚沾裳」語意。

行客－途經巫山的過客

南鄉子

李珣

乘綵舫，過蓮塘，棹歌驚起睡鴛鴦。

游女帶香偎伴笑，

爭窈窕，競折團荷遮晚照。

綵舫—結綵小舟，裝飾華美的船。

棹歌—划船時所唱的歌。

游女—南國水鄉少女。

窈窕—姿態美好。

團荷—圓形荷葉。

晚照—夕陽。

酒泉子

孫光憲

空磧無邊，萬里陽關道路。
馬蕭蕭，人去去，隴雲愁。
香貂舊製戎衣窄，胡霜千里白。
綺羅心，魂夢隔，上高樓。

空磧—空曠的大沙漠。磧，沙堆。

陽關道路—原指陽關通往西北地區的大道，此泛指通往邊塞的道路。

蕭蕭—馬鳴聲。

去去—走了又走，越走越遠。

隴雲—隴山之雲。隴山山勢陡峭，是古代防禦吐蕃侵擾的軍事要地。

香貂—裘、戰袍。

戎衣—軍服。

胡霜—胡地的霜雪。

綺羅心—婦人懷夫之心。

浣溪沙

孫光憲

蓼岸風多橘柚香，江邊一望楚天長。片帆煙際閃孤光。

目送征鴻飛杳杳，思隨流水去茫茫。蘭紅波碧憶瀟湘。

蓼岸—長滿蓼草的江岸。

孤光—指片帆在日光照耀下的閃光。

征鴻—遠飛的大雁。

杳杳—深遠貌。

蘭紅—紅色蘭花。用江淹〈別賦〉中「見紅蘭之受露」渲染離情。

胡蝶兒

胡蝶兒，晚春時。
阿嬌初著淡黃衣，倚窗學畫伊。
還似花間見，雙雙對對飛。
無端和淚拭燕脂，惹教雙翅垂。

張泌

阿嬌—漢武帝的陳皇后名阿嬌，此泛指少女的小名。

無端—沒有原因。

燕脂—胭脂，女子臉上的化妝品。

鵲踏枝【三首·其一】

馮延巳

誰道閒情拋擲久？
每到春來，惆悵還依舊。
日日花前常病酒，不辭鏡裡朱顏瘦。

河畔青蕪堤上柳。
為問新愁，何事年年有？
獨立小橋風滿袖，平林新月人歸後。

拋擲—拋卻。

病酒—為酒所病。
不辭—不惜。

青蕪—叢生的青草。
何事—為何。
新月—陰曆每月初的月亮稱新月。
人—遊人。

【三首・其二】

幾日行雲何處去？忘卻歸來，不道春將暮。百草千花寒食路，香車繫在誰家樹？

淚眼倚樓頻獨語：雙燕飛來，陌上相逢否？撩亂春愁如柳絮，悠悠夢裡無尋處。

行雲—用宋玉〈高唐賦〉語意，本指神女，此喻冶遊不歸的浪子。

不道—不料。

百草千花—暗喻花街柳巷的女子。

寒食—古代清明前一日禁火，稱寒食。

香車—此指冶遊男子所乘華美之車。

陌上—田間小路。

撩亂—撥亂、擾亂。

【三首・其二】

六曲闌干偎碧樹。楊柳風輕，展盡黃金縷。誰把鈿箏移玉柱。穿簾海燕雙飛去。

滿眼游絲兼落絮。紅杏開時，一霎清明雨。濃睡覺來鶯亂語，驚殘好夢無尋處。

六曲—曲折回還貌。

偎—依靠。

黃金縷—指嫩柳條。

鈿箏—飾以螺鈿之箏。

移—此指彈奏裝飾華麗的箏。

玉柱—琴瑟上玉製的承絃物。

海燕—古人以為燕子自南方渡海而來，故名之。

一霎—一下子，形容極短的時間。

謁金門

馮延巳

風乍起，吹皺一池春水。閒引鴛鴦香徑裡，手挼紅杏蕊。

鬥鴨闌干獨倚，碧玉搔頭斜墜。終日望君君不至，舉頭聞鵲喜。

乍—剛才。

閒引—無聊的逗弄。

香徑—長著香草的小路。

挼—搓揉。

鬥鴨—古代有鬥鴨取樂的風俗。

碧玉搔頭—碧玉簪，用以束髮。

聞鵲喜—古人以聽到鵲聲為喜兆。

長命女

馮延巳

春日宴，
綠酒一杯歌一遍，再拜陳三願：
一願郎君千歲，
二願妾身常健，
三願如同梁上燕，歲歲長相見。

綠酒—新釀的美酒。
陳—述說。
郎君—新娘對新郎的稱呼。

三臺令【三首・其一】

馮延巳

春色，春色，
依舊青門紫陌。
日斜柳暗花嫣，醉臥誰家少年？
年少，年少，
行樂直須及早。

青門—本是長安東南門，此借指南唐都城金陵。

紫陌—京郊花草繁盛的道路。

嫣—美豔、豔麗。

【三首·其二】

明月，明月，
照得離人愁絕。
更深影入空床，不道幃屏夜長。
長夜，長夜，
夢到庭花陰下。

更深—夜深。

幃屏—幃帳和屏風，泛指室內陳設。

【三首．其二】

南浦，南浦，
翠鬢離人何處。
當時攜手高樓，依舊樓前水流。
流水，流水，
中有傷心雙淚。

南浦—泛指離別之地。

翠鬢—形容年輕頭髮濃密黑亮。

浣溪沙【二首・其一】

李璟

菡萏香銷翠葉殘，西風愁起綠波間。
還與韶光共憔悴，不堪看。
細雨夢回雞塞遠，小樓吹徹玉笙寒。
簌簌淚珠多少恨，倚闌干。

菡萏—荷花。
翠葉—荷葉。
韶光—美好的時光。
不堪—不忍。
雞塞—泛指邊塞戍遠之地。
雞塞遠一作「清漏永」。
吹徹玉笙寒—笙吹得太久，到最後寒咽難忍，曲不成聲。
簌簌—紛紛落下貌。

【二首・其二】

手捲珠簾上玉鉤，依前春恨鎖重樓。
風裡落花誰是主？思悠悠。
青鳥不傳雲外信，丁香空結雨中愁。
回首綠波春色暮，接天流。

珠簾—用珍珠串成的簾子。
依前—和從前一樣。
青鳥—傳說是西王母的使者，代指送信的人。
丁香結—丁香的花蕾，此指愁思鬱結。
接天流—形容浩蕩奔流的樣子。

虞美人

李煜

春花秋月何時了，往事知多少？
小樓昨夜又東風，
故國不堪回首月明中。
雕闌玉砌應猶在，只是朱顏改。
問君能有幾多愁？
恰似一江春水向東流。

故國—指南唐都城金陵。

雕闌玉砌—雕花闌干、玉石臺階，此代指金陵宮殿。

朱顏—紅顏。

喜遷鶯

曉月墜，宿雲微，
無語枕頻欹。
夢回芳草思依依，天遠雁聲稀。

啼鶯散，餘花亂，
寂寞畫堂深院。
片紅休掃儘從伊，留待舞人歸。

李煜

曉月—清晨殘月。
宿雲—夜晚的雲。
微—隱匿、消散。
枕頻欹—斜靠在枕上，輾轉反側。欹，斜倚。
夢回—從夢中醒來。
芳草—此指思念的人。
依依—依戀貌。
雁聲稀—古代相傳鴻雁能傳書，此指音信很少。
啼鶯—啼鳴的黃鶯。
散—飛散。
餘花—此指晚春尚未凋謝的花。
亂—紛亂。
畫堂—用彩畫裝飾的廳堂。
片紅—零落的花瓣。
儘從伊—一切由他。伊，指落花。
舞人—作者所思戀的女子。

清平樂

李煜

別來春半，觸目愁腸斷。
砌下落梅如雪亂，拂了一身還滿。
雁來音信無憑，路遙歸夢難成。
離恨恰如春草，更行更遠還生。

春半—春天已過了一半。
砌—臺階。
落梅—此指白色梅花。
拂了一身還滿—將滿身落花拂去，又落了滿身。
音信無憑—指杳無音訊。
歸夢難成—指有家難回。
更—越。
還—仍然。

烏夜啼【二首·其一】

李煜

林花謝了春紅，太匆匆。

無奈朝來寒雨晚來風。

胭脂淚，留人醉，幾時重？

自是人生長恨水長東。

林花－樹林中的繁花。

謝－凋謝。

春紅－春天的紅花。

胭脂淚－指雨中的落花。

留人－把人留住。

幾時重－何時才能重逢。

自是－正是。

【二首・其二】

無言獨上西樓，月如鉤。
寂寞梧桐深院鎖清秋。
剪不斷，理還亂，是離愁，
別是一般滋味在心頭。

月如鉤—指殘月。
梧桐—落葉喬木，材可用於製作兵器。梧桐葉落表示秋天來臨，常用以比喻事物衰敗的徵兆。
深院鎖清秋—形容深院被清冷的秋色籠罩。
別是—另是。

長相思

李煜

雲一緺，玉一梭，
澹澹衫兒薄薄羅，
輕顰雙黛螺。
秋風多，雨相和。
簾外芭蕉三兩窠，
夜長人奈何。

雲一緺—指女子蓬卷如雲的秀髮螺旋盤起。
玉—玉簪。
梭—原是織布用的梭子，此喻玉簪。
澹澹—形容衣裳顏色輕淡。
衫兒—古代女子穿著的短袖上衣。
羅—絲羅，此指羅裙。
顰—皺眉。
黛螺—黛子螺，古代女子畫眉用的青綠色顏料，此用作眉毛的代稱。
雨相和—指雨聲和風聲相互應和。
窠—意同棵。

搗練子令

李煜

深院靜，小庭空，

斷續寒砧斷續風。

無奈夜長人不寐，

數聲和月到簾櫳。

砧—擣衣石。

不寐—不能入睡。

數聲—幾聲，此指擣衣聲。

和月—伴隨著月光。

簾櫳—掛著簾子的格子窗。

浪淘沙【二首·其一】

李煜

往事只堪哀，對景難排。
秋風庭院蘚侵階。
一行珠簾閒不捲，終日誰來？
金鎖已沉埋，壯氣蒿萊。
晚涼天靜月華開。
想得玉樓瑤殿影，空照秦淮。

只堪哀—只能使人悲哀。
難排—難以排遣。
侵—蔓延。
一行—意為一列。閒—安靜。
終日—整日，日復一日。
金鎖—用三國吳以鐵鎖鍊橫斷長江抵抗西晉水師之事，隱喻南唐抗宋兵敗亡國。
壯氣—雄壯的氣概，此指帝王之氣。
蒿萊—野草，此喻消沉衰落。
天靜—形容夜空無雲。
月華開—月光皎潔貌。
玉樓—精美華麗的樓閣。
瑤殿—雕飾精美、結構精巧的殿堂。
秦淮—秦淮河。南唐時期貫穿都城金陵，兩岸舞館歌樓林立。

【二首・其二】

簾外雨潺潺，春意闌珊。
羅衾不耐五更寒。
夢裡不知身是客，一晌貪歡。
獨自莫凭闌，無限江山。
別時容易見時難。
流水落花春去也，天上人間。

潺潺—本形容水緩緩流動的聲音，此指雨水聲。
闌珊—已殘將盡。
羅衾—絲綢做的被子。
五更寒—五更即天快亮時，是夜裡最冷的時刻。
身是客—詩人自喻國破家亡、身為囚虜的處境。
一晌貪歡—貪戀一時片刻的歡樂。
凭闌—靠著闌干。
無限江山—意指原屬於南唐的大片國土。
別時—指李煜被俘遣送汴京之時。
流水落花春去也—指美好時光已像流水一逝不返。
天上人間—指帝王生活與囚虜有如天壤之別。

破陣子

李煜

四十年來家國，三千里地山河。
鳳閣龍樓連霄漢，玉樹瓊枝作煙蘿。
幾曾識干戈。

一旦歸為臣虜，沈腰潘鬢消磨。
最是倉皇辭廟日，教坊猶奏別離歌。
垂淚對宮娥。

四十年來家國—南唐自建國至後主為宋所滅，歷時約四十年。

三千里地山河—南唐為五代十國中的大國，版圖有三十五州，方圓三千里。

鳳閣龍樓—雕飾龍鳳的樓閣，指古代帝王的宮殿。

霄漢—天上的銀河。

玉樹瓊枝—形容樹如玉、枝如瓊，另比喻貴家子弟。

煙蘿—雲霞草木，煙聚蘿纏。

幾曾—何曾。　**識**—見識。

干戈—古代常用兵器，此指戰爭。　**臣虜**—被俘稱臣。

沈腰—沈即南朝梁詩人沈約，以此代稱身形消瘦。

潘鬢—潘即西晉詩人潘岳，此代稱髮鬢斑白。

廟—指祖宗祠廟。

宮娥—宮女。

臨江仙

櫻桃落盡春歸去，蝶翻輕粉雙飛。
子規啼月小樓西。
玉鉤羅幕，惆悵暮煙垂。

別巷寂寥人散後，望殘煙草低迷。
爐香閒裊鳳凰兒。
空持羅帶，回首恨依依。

櫻桃落盡—《禮記．月令》載：「仲夏之月，天子以含桃先薦寢廟。」櫻桃初夏結果實，古代帝王有以櫻桃獻宗廟的傳統，後主於圍城中，宗廟不保，有櫻桃難獻之恨。

翻—翻飛。

子規—即杜鵑鳥，相傳為蜀帝杜宇之魂所化，啼聲淒厲。

羅幕—絲織的帷幕。

寂寥—冷清。

望殘—眼望淒慘欲絕的景象。

低迷—模糊不清貌。

閒裊—形容香煙繚繞緩緩上升的樣子。

鳳凰兒—此指飾有鳳凰圖形或製成鳳凰形狀的香爐。

羅帶—絲帶。

【附錄】

詩人略傳

潘　閬（？～一〇〇九）字逍遙，自號逍遙子，大名人（今屬河北邯鄲）。年輕時曾在汴京賣藥，頗有詩名。經宣政使王繼恩推薦，宋太宗賜進士，授四門國子博士。後以狂妄罪名被斥，流落杭州賣藥。王繼恩因事下獄，連坐甚廣，潘閬扮僧人遁於中條山，真宗時獲釋，出任滁州參軍。與寇準、林逋等交遊唱和，今僅存〈酒泉子〉十首。

錢惟演（九六二～一〇三四）字希聖，臨安人（今浙江杭州）。他博學能文，辭藻清麗，曾參與編修《冊府元龜》。錢惟演詩宗李商隱，是西崑派代表詩人之一。他曾仿唐驛馬傳送荔枝給楊貴妃事，傳送洛陽牡丹品種「姚黃」供內廷玩賞，人稱「洛陽使相」，蘇軾曾寫〈荔枝嘆〉諷之。

寇　準（九六一～一〇二三）字平仲，華州下邽人（今陝西渭南），宋太宗太平興國五年進士。契丹南侵，寇準力主抵抗，並促使宋真宗渡河親征，訂立「澶淵之盟」。他曾兩度為相，兩度罷相，仁宗天聖元年病死於雷州，謚曰忠愍。

寇準與宋初山林詩人潘閬、魏野等為友，詩風近似，也被列入晚唐派。

林　逋（九六七～一〇二八）字君復，卒諡和靖先生，錢塘人（今浙江杭州）。擅長行書，好作詩，隱居西湖孤山，終身不仕不娶，以植梅養鶴為樂，人稱「梅妻鶴子」。他的詩風淡遠，描寫梅花尤其入神，常駕小舟遍遊西湖，與高僧詩友相往還。每逢客至，門童縱鶴放飛，林逋見鶴必棹舟歸來。

范仲淹（九八九～一〇五二）字希文，蘇州人，卒諡文正。是北宋名臣，「慶曆新政」的主事者之一。他並有志於改革宋初以來的柔靡文風，詩文詞均有名篇傳世，氣勢非凡的〈岳陽樓記〉中，「先天下之憂而憂，後天下之樂而樂」更是傳頌千古的名作。有《曾文正公集》，詞作僅存五首。

張　先（九九〇～一〇七八）字子野，烏程人（今浙江湖州吳興）。天聖八年進士，官至尚書都官郎中，晚年退居湖杭之間。擅長小令，亦作慢詞長調，造語工巧，與柳永齊名。張先初以〈行香子〉詞有「心中事，眼中淚，意中人」之句，人稱「張三中」；自謂「雲破月來花弄影」、「嬌柔懶起，簾幕卷花影」、「柔柳搖搖，墜輕絮無影」為得意之句，世人遂稱之「張三影」。

晏　殊（九九一～一〇五五）字同叔，撫州臨川人（今南昌）人，北宋前期婉約派詞人之一。七歲能文，十四歲被賜進士，仁宗時官至同中書門下平章事兼樞密使，喜獎掖後進，如范仲淹、歐陽修均出其門下。詞風承襲五代，受南唐馮延巳影響較深，詞多是會友宴遊之作，工於造語，風格蘊藉，況周頤《蕙風詞話》將其詞比作牡丹花。有《珠玉詞》傳世。

宋　祁（九九八～一〇六一）字子京，安陸人，徙居開封雍丘（今河南杞縣），北宋文學家、史學家。與其兄宋庠詩文齊名，時號大、小宋，並稱「二宋」。善詩文，曾與歐陽修同修《新唐書》。其詞多抒寫個人生活情懷，未脫晚唐五代艷麗舊習，但構思新穎，語言流麗，描寫生動，一些佳句流傳甚廣，因〈玉樓春〉中有「紅杏枝頭春意鬧」之句，人稱紅杏尚書。原有文集一百五十卷，已散佚，近人輯有《宋景文公集》。

張　昇（九九二～一〇七七）字杲卿，陝西韓城人。於大中祥符八年中進士，歷任御史中丞、參知政事兼樞密使等職，拜太子太師。卒諡康節。其詞僅存二首，筆法冷峻，格調悲涼。

韓　縝（一〇一九～一〇九七）字玉汝，祖先真定靈壽人（今屬河北），徙居開封雍丘（今河南杞縣）。慶曆二年進士。英宗時任淮南轉運使，神宗時自龍圖閣直學士進知樞密院事。曾出使西夏。哲宗立，拜尚書右僕射兼中書侍郎，罷知潁昌府。紹聖四年卒，謚莊敏，封崇國公。《全宋詞》錄其詞一首。

歐陽修（一〇〇七～一〇七二）字永叔，號醉翁，又號六一居士，謚文忠，吉州永豐（今屬江西）人。為唐宋八大家之一。他是宋代詩文革新運動的領袖人物，繼承了韓愈古文運動的精神，提出文以明道的主張，並提倡簡而有法和流暢自然的文風。他一生寫了五百多篇散文，各體兼備，有政論文、史論文、記事文、抒情文等，還開了宋代筆記文創作的先聲。在詩歌創作方面，他「以文為詩」，通俗流暢，意味雋永。不僅善於作詩，且時有新見，後人集錄成書，稱為《六一詩話》。此外，歐陽修還打破了賦體嚴格的格律形式，著名的〈秋聲賦〉，運用各種比喻，把無形的秋聲描摹得非常生動，變唐代以來的「律體」為「散體」，與蘇軾的〈赤壁賦〉先後媲美，千載傳誦。

葉清臣（一〇〇三～一〇四九）字道卿，號本元，蘇州長洲人。宋仁宗天聖二年進士，歷官兩浙轉運副使、翰林學士、權三司使，罷為侍讀學士，知河陽。《全宋詞》錄其詞一首。

梅堯臣（一〇〇二～一〇六〇）字聖俞，宣城人（今安徽宣城）。五十歲後，始得宋仁宗召試，賜同進士，後任授國子監直講，遷尚書屯田都官員外郎，故人稱「梅直講」、「梅都官」。曾參與編撰《新唐書》。其詩與蘇舜欽齊名，世人美稱「蘇梅」，同被譽為宋詩「開山祖師」。與歐陽修為摯友，同為宋詩革新推動者。有宛陵集六十卷。

柳　永（？～一〇五三）原名三變，字耆卿，福建崇安人。宋仁宗朝進士，因行七，又被稱作柳七，做過屯田員外郎，世稱柳屯田。他精通音律，獨創了大量適合歌唱的慢詞長調，民間有語：「凡有井水處，皆有柳詞。」柳永大部分的詞誕生在青樓笙歌艷舞、錦榻繡被之中，自稱「奉旨填詞柳三變」，並以「白衣卿相」自許。晚年窮愁潦倒，在潤州去世時一貧如洗。每年清明節，歌妓都相約赴其墳墓祭掃，並相沿成習，稱之「吊柳七」或「吊柳會」。

王安石（一〇二一～一〇八六）字介甫，號半山，封荊國公，世人又稱王荊公。撫州臨川人（今江西撫州）。慶曆二年進士。神宗朝兩度任相，實行變法，是北宋著名的政治家，也是大文學家。散文為唐宋八大家之一，文風峭刻，詞作不多，瘦削雅素，一洗五代舊習。

晏幾道（約一〇三〇～一一〇六）字叔原，號小山，臨川（今江西撫州）人，宋名相晏殊第七子。父子都精通填詞倚聲之道，人稱大小晏。晏幾道性格天真耿介，雖出身相府卻只做過小官，錢財散盡而潦倒一生。有《小山詞》一卷傳世，他的詞情韻淒婉，文辭清麗。以小令見長，長調只有幾首。

蘇　軾（一〇三七～一一〇一）字子瞻，號東坡居士，眉山人（今四川眉山）。曾任翰林學士、禮部尚書等職，因黨爭多次遭貶。蘇軾與父蘇洵、弟蘇轍都在文壇享有名望，人稱「三蘇」。蘇軾是北宋文壇領袖，也是唐宋八大家之一，散文與歐陽修並稱「歐蘇」，詩歌與黃庭堅並稱「蘇黃」，詞與辛棄疾並稱「蘇辛」，書法與黃庭堅、米芾、蔡襄並稱四大家，繪畫是以文同為首的「文湖洲竹派」重要人物。他在文學上貢獻最大的是詞，突破了「詞為豔科」的傳統，使詞和詩歌一樣可以反映社會和人生，做到「無意不可入，無事不可言」

的境界。有《東坡樂府》，存詞三百餘首。

李之儀（一〇三八～一一一七）字端叔，自號姑溪居士，滄州無棣人（今山東無棣）。宋神宗三年進士，後從蘇軾於定州幕府。徽宗初年以文章獲罪，編管太平州（今安徽當塗縣），終朝請大夫。李之儀以尺牘擅名，長調近柳永，短調近秦觀，而均有未至。有《姑溪詞》一卷。

黃　裳（一〇四四～一一三〇）字勉仲，一字道夫，延平人（今福建南平）。神宗元豐五年進士第一，歷官端明殿學士、禮部尚書。宋徽宗訪求天下道教遺書，黃棠負責刊印道藏，稱為《政和萬壽道藏》。有《演山先生文集》。

王　雱（一〇四四～一〇七六）字元澤，臨川人（今江西撫州），名臣王安石之子。治平四年進士。任太子中允崇政殿說書，編修《三經新義》。王安石變法時成為父親的助手，因推行新法受阻，憂憤成疾早逝。存世詞作二首。

黃庭堅（一〇四五～一一〇五）字魯直，自號山谷道人，晚號涪翁，洪州分寧人（今江西修水）。治平四年進士，曾任國子監教授、校書郎等職，後屢遭貶謫，死於宜州貶所。他以詩文受知於蘇軾，與張耒、晁補之、秦觀並列「蘇門四學士」，與蘇軾並稱「蘇黃」。為江西詩派宗主，詞與秦觀齊名，人稱秦七、黃九。有《山谷詞》，又名《山谷琴趣外篇》。

秦　觀（一〇四九～一一〇〇）字少游，一字太虛，號淮海居士，揚州高郵人（今屬江蘇）。神宗元豐八年進士，曾任太學博士、秘書省正字、國史院編修官。後屢貶郴州、雷州等地，卒於放還途中。秦觀生性豪爽，灑脫不拘，工詩文，詞風上承柳永、晏幾道，下開周邦彥、李清照，是北宋後期著名婉約派詞人，世稱秦淮海。有《淮海居士長短句》傳世，存詞八十餘首。

張　耒（一〇五四～一一一四）字文潛，號柯山，生於楚州淮陰（今江蘇淮安市）。神宗熙寧六年進士，曾任秘書省正字、起居舍人。早年遊學於陳，學官蘇轍重愛，從學於蘇軾，蘇軾說他的文章類似蘇轍，汪洋澹泊。後屢遭謫貶，詔除黨禁後居於陳州。張耒以詩著名，詞僅存六首。

晁端禮（一〇四六～一一一三）一名元禮。晁補之稱他為十二叔，常與唱和。神宗熙寧六年舉進士，曾任地方官，因得罪上司，廢徙三十年。徽宗朝以承事郎為大晟府協律，未及供職即病逝。詞多應制頌聖之作，也有描寫歌筵酒席間的男歡女愛，或抒發個人游宦生活感受。有《閑齋琴趣外篇》。

趙令畤（一〇六一～一一三四）字景貺，又字德麟，自號聊復翁，又號藏六居士。是趙宋宗室，因與蘇軾有交誼，遭致新黨排斥，被列入元祐黨，南宋紹興初年，黨錮被打破而重受封爵。他以十二首〈商調蝶戀花〉鼓子詞詠張生、崔鶯鶯故事，是研究宋金說唱文學與戲劇文學的重要資料。

朱服（一〇四八～？）字行中，烏程人。（今浙江湖州）神宗熙寧六年進士，哲宗朝，官至禮部侍郎。徽宗朝，加集賢殿修撰。一再貶官，卒於蘄州。

時彥（？～一一〇七）字邦彥，河南開封人。神宗元豐二年狀元。歷官集賢校理、河東轉運使、開封府尹、吏部尚書，卒於任上。存詞僅一首。

賀鑄（一〇五二～一一二五）字方回，號慶湖遺老。衛州人（今河南衛輝）。宋太祖賀皇后族孫，自稱遠祖本居山陰，是唐賀知章後裔，以知章居慶湖（即鏡湖），自號慶湖遺老。賀鑄豪俠尚氣，曾為武官，後轉文職，文詞皆善，尤以詞作名世。其詞剛柔並濟，善於煉字，下開吳文英一派，豪壯激烈之作對辛棄疾等頗有影響。為北宋一大名家。

晁補之（一〇五三～一一一〇）字無咎，號歸來子，濟州鉅野人（今屬山東），蘇門四學士之一。元豐二年進士，歷任秘書省正字、校書郎、禮部郎中及地方官職。晁補之工書畫，能詩詞，善屬文，詞風受蘇軾影響。與張耒並稱「晁張」。有《雞肋集》、《晁氏琴趣外篇》傳世。

陳師道（一〇五三～一一〇一）字履常，一字無己，別號後山居士，彭城人（今江蘇徐州）。元佑二年由蘇軾、曾鞏等薦，起亳州司戶參軍，曾任太學博士。徽宗時參與郊祀，因家貧無棉衣禦寒，妻子向陳師道的連襟借衣，但陳師道執意不穿，竟以寒疾而卒。詩初學曾鞏，後學黃庭堅，作詩追求凝煉，曾有「閉門覓句陳無己」（黃庭堅語）之譽。蘇門六君子之一，江西詩派重要作家。門人編有《彭城陳先生集》二十卷。

李　廌（一〇五九～一一〇九）字方叔，號齊南先生、太華逸民。華州（今陝西華縣）人。少以文為蘇軾所知，譽之為有「萬人敵」之才，為蘇門六君子之一。中年應舉落第，絕意仕進，定居長社直至去世。擅長七言古詩及七言絕句，為文喜談古今治亂。其文《兵鑒》，向為後人所重視。著有《濟南集》，一度亡佚，清初四庫館臣自《永樂大典》中輯出。

晁沖之，字叔用，一字用道。濟州鉅野人（今山東鉅鹿）。生卒年不詳。晁氏是北宋名門，晁沖之的堂兄晁補之、晁說之、晁禎之都是當時有名的文學家。早年師從陳師道。紹聖初，黨爭劇烈，兄弟輩多人遭謫貶，他隱居具茨山下，自號具茨。終生不戀功名，授承務郎。有《晁具茨先生詩集》十五卷。

王觀（一〇三一～一〇八三）字通叟，如皋人（今江蘇如皋）。王安石為開封府試官時，科舉及第。宋仁宗嘉佑二年考中進士，官至翰林學士。以賦應制詞被謫，自號逐客。詞集取名《冠柳集》，表示高出柳永之意。

舒亶（一〇四一～一一〇三）字信道，號懶堂。明州慈谿人（今浙江省寧波）。治平二年進士，試禮部第一，授臨海尉，宋神宗元豐年間與李定多次彈劾蘇軾以詩歌訕謗時政，釀成「烏臺詩案」，為士林所鄙。宋徽宗時任龍圖閣待制。著有《西湖引水記》。工小詞，以小令見長。

毛滂（約一〇六四～？）字澤民，號東堂，衢州江同人（今屬浙江）。哲宗元佑間為杭州法曹，蘇軾曾加薦舉，蔡京當政時，曾獻諛詞而得進用。官至祠部員外郎、知秀州，一生仕途失意。其詞清圓明潤，無穠艷詞語，自然深摯、秀雅飄逸。其詞對陳與義、朱敦儒乃至姜白石、張炎等人的創作都有影響。詞集為《東堂詞》。

李元膺，東平人（今屬山東），南京教官。生平未詳。紹聖間作《李孝義墨譜法式序》。又蔡京翰苑，因賜宴西池，失足落水，幾至沉溺，元膺聞之笑曰：「蔡元長都濕了肚裡文章。」京聞之怒，卒不得召用。李詞多抒寫留連光景，風格清麗。

陳　克（一〇八一～一一三七）字子高，自號赤城居士。南宋臨海人（今屬浙江）。少隨父宦學四方，早年為敕令所刪定官，後闢為右承事郎都督府準備差遣。宋高宗紹興五年，隨軍隊北上抗金。紹興七年隨呂祉去廬州收編王德、酈瓊的部隊。呂祉被殺，叛軍要陳克屈膝，陳克厲聲答曰：「吾為宋臣，學忠信之道，寧為玉碎，不為瓦全。」不幸被「積薪焚死」，臨死時仍「罵不絕口，聲如雷震」，時人稱「國士」。陳克親歷兩宋之交的戰亂，其詞對時世有所反映，風格近溫庭筠、韋莊。著有《天台集》十卷、《天台集外集》四卷、《長短句》三卷。

張舜民，字芸叟，自號浮休居士，又號矴齋。邠州人（今陝西彬縣）。生卒年不詳。娶陳師道之姊為妻，與蘇軾、黃庭堅等友好。治平二年進士，為襄樂縣令，曾官監察御史、吏部侍郎，以龍圖閣待制知同州。反對王安石變法，貶商州。能文詞，嗜畫，尤工詩。詩學白居易，多譏刺時事之作，語言通俗。其詞僅存四首，慷慨悲壯，風格與蘇軾相近。

僧　揮，僧仲殊，俗姓張，名揮，字師利，生卒年不詳。安州進士，棄家為僧，居杭州吳山寶月寺，東坡所稱「蜜殊」者是也。徽宗崇寧年間，自縊死。仲殊詞集已失傳，趙萬里輯得三十首為《寶月集》一卷。

魏夫人，名玩，字玉汝，襄陽（今湖北襄陽市）人。生卒年不詳。夫曾布參與王安石變法，後知樞密院事，為右僕射，魏氏以此封魯國夫人。魏夫人的文學創作在宋代頗負盛名，朱熹將她與李清照並提，現存作品僅有詩一首，詠項羽、虞姬事，題作〈虞美人草行〉。詞十餘首，樂府雅詞錄詞十首。

周邦彥（一〇五六～一一二一）字美成，自號清真居士，錢塘人（今浙江杭州）。宋神宗時寫〈汴都賦〉讚揚新法，因此由諸生擢太學正，任教太學。歷哲宗、徽宗朝，任州教授、縣令、秘書省正字、校書郎等。周邦彥精通音律，曾創作不少新詞調，被後人尊稱「詞家之冠」。其詞集北宋婉約派大成，講究形式格律和語言技巧，長調尤善鋪敘，後來格律派詞人所宗，開南宋姜夔、吳文英格律詞派先河。著有《片玉集》，也稱《清真集》。

万俟詠，北宋末南宋初詞人。字雅言，自號詞隱、大梁詞隱。籍貫與生卒年均不詳。哲宗元佑時以詩賦見稱於時。徽宗政和初年，召試補官，授大晟府制撰。善工音律，能自度新聲，與周邦彥、田為、晁元禮等共同審定舊調，創造新詞。詞學柳永，黃庭堅曾稱之為「一代詞人」。存詞二十餘首。

曹　組，生卒年不詳。字元寵。潁昌人（今河南許昌）。與其兄曹緯以學識見稱於太學，但六次應試不第，宣和三年，殿試中甲，賜同進士出身。官至給事殿中等職。曹組的詞以「側艷」和「滑稽下俚」著稱，手法、情韻，都有柳永詞風，但有些描寫羈旅生活的作品，如〈青玉案〉，開元人馬致遠〈天淨沙〉筆調、章法。約於徽宗末年去世。存詞三十六首。

李　甲，字景元，居華亭（今江蘇松江），自號華亭逸人。善填詞，工小令，有聞於時。善畫翎毛，米芾稱之。嘗畫竹於嘉興景德院，軾過之題詩。

魯逸仲，孔夷的隱名，字方平，汝州龍興人（今河南寶豐）。哲宗元祐間隱士，與李廌為詩酒侶，自號滍皋漁父，又隱名為魯逸仲。詞意婉麗。

周紫芝（一〇八二～一一五五）字少隱，自號竹坡居士。宣城人（今屬安徽）紹興中登進士。其詞學晏、歐、柳、秦，造語聰俊自然，為南渡前後的巨手。高宗紹興十七年，為樞密院編修官，後出知興國軍。有《竹坡詞》。

趙　佶（一〇八二～一一三五）宋徽宗趙佶，是宋朝第八位皇帝，兄長哲宗無子，死後傳位於他，在位二十五年。宣和七年金兵南侵，趙佶傳位其子趙桓，靖康二年為金人俘虜北去，死於五國城（今黑龍江依蘭）。工書畫，自創書法字體「瘦金書」，建立國家音樂機關「大晟府」，命周邦彥、万俟詠、田為等人討論古音、審定古調、創制新曲。今存詞十二首。

李清照（一〇八四～一一五二）號易安居士，濟南人。父李格非為當時著名學者，夫趙明誠為金石考據家。早期生活優裕，與明誠共同致力於金石研究、校勘古籍。靖康之變，流寓南方，明誠病死，境遇孤苦。所作詞前期多寫其悠閒生活，後期多悲歎身世，也流露出對中原的懷念。論詞強調協律，崇尚典雅、情致，提出詞「別是一家」之說。能詩，留存不多，部分篇章感時詠史，情辭慷慨，與其詞風不同。有輯本《漱玉詞》傳世。

呂本中（一〇八四～一一四五）字居仁，號紫微，世稱東萊先生，壽州人（今安徽壽縣）。紹興六年賜進士出身，官至中書舍人兼侍講，兼直學士院。因力主抗金，不為秦檜所容，遂罷官。詩宗黃庭堅。其詞渾然天成，不減花間之作。有《東萊集》。

李重元，約宋徽宗宣和（一一二二年）前後在世，生平不詳，工詞。《全宋詞》收其〈憶王孫〉詞四首，皆是頗具意境的佳作。

陳與義（一〇九〇～一一三八）字去非，號簡齋，洛陽人。詩歌創作以金兵入侵中原為界線，前期多為個人生活情趣的留連光景之作，清婉秀麗，南遷後詩風學杜，趨向沉鬱悲壯。有《簡齋集》，其詞存十餘首。

蔡　伸（一〇八八～一一五六）字伸道，號友古居士，莆田人（今屬福建），書法家蔡襄之孫。徽宗政和五年進士，官至浙東安撫司參議官。大多數詞作抒寫離愁別恨。有《友古居士詞》一卷。

張元幹（一〇九一～一一六二）字仲宗，自號蘆川老隱，又號真隱山人。福建永福人。早年詞風隨秦觀、周邦彥，詞風清麗，南渡後一變而為慷慨悲涼。紹興中，因作詞送李綱、胡銓，被削除官職。有《蘆川詞》，存詞一百八十餘首，以婉麗之作居多。

揚無咎（一〇九七～一一七二）字補之，號逃禪老人，又號清夷長者，漢揚雄之裔，自稱為「草玄（揚雄）後裔」。清江人（今屬江西）。宋高宗時因不滿秦檜，多次拒絕作官。他詩、書、畫兼長，墨梅藝術在畫史上影響尤深，有「得補之一幅梅，價不下百千匹」之說。長歌詠，多壽詞，有《逃禪詞》。

葉夢得（一〇七七～一一四八）字少蘊，自號石林居士，蘇州吳縣人（今屬江蘇）。歷任翰林學士、建康知府、遷尚書左丞、江東安撫使。博學多才，工詩。早年風格婉麗，中年學蘇東坡，晚年居卞山下，藏書數萬卷，嘯詠自娛。有《石林詞》。

汪　藻（一〇七九～一一五四）字彥章，饒州德興人（今屬江西），崇寧五年進士。欽宗立為太常少卿，高宗朝累官中書舍人，兼直學士院，擢給事中，遷兵部侍郎，拜翰林學士，知徽州、宣州，後奪職居永州。工於詩，受蘇軾影響，以描寫自然景物見長。存詞四首，風格近柳永。

劉一止（一〇七八～一一六〇）字行簡，湖州歸安人（今屬浙江）。宣和三年進士，官至敷文閣待制。是兩宋之交著名的文學家和政治家。他不避權貴，力主抗金，因此得罪權相秦檜。著有《苕溪集》。

曹　勳（一〇九八～一一七四）字公顯，號松隱，潁昌陽翟人（今河南禹縣）。徽宗宣和五年進士。靖康之難，隨徽宗北上，後遁歸。高宗紹興十一年曾出使金國議和。孝宗朝拜太尉。詩多家國之痛，詞多應制詠物。有《松隱文集》、《松隱樂府》。

岳　飛（一一〇三～一一四二）字鵬舉，相州湯陰人（今河南安陽）。與北方女真人建立的金國作戰，為南宋抗金名將。宋孝宗淳熙六年追謚武穆，宋寧宗嘉定四年追封鄂王，故後人也稱「岳武穆」或「岳王」。岳飛能詩文，善書法，有《岳武穆集》，今存詞僅三首。

朱敦儒（一〇八一～一一五九）字希真，洛陽人。高宗紹興五年賜進士出身，歷官秘書省正字、兵部郎中、兩浙東路提點刑獄，後被劾罷官。其詞多反映遁世隱逸生活，間亦感時傷世。有詞集《樵歌》三卷。

嚴　蕊，生卒年不詳。原姓周，字幼芳，南宋中葉女詞人。出身低微，自小習樂禮詩書，淪為台州營妓，改嚴蕊藝名。善操琴、弈棋、歌舞、絲竹、書畫，詩詞語意清新。存詞三首。

張孝祥（一一三二～一一六九）字安國，號于湖居士，歷陽烏江人（今安徽省和縣）。紹興二十四年廷試，高宗親擢為進士第一。授承事郎，簽書鎮東軍節度判官。由於上書為岳飛辯冤，為當時權相秦檜所忌，誣陷其父張祁有反謀，並將其父下獄。孝宗時任中書舍人，先後六守外郡。善詩文，詞多慷慨之氣，上承蘇軾，下開辛棄疾。有《于湖詞》三卷。

韓元吉（一一一八～一一八七）字無咎，號南澗，開封人。紹興朝累官吏部尚書、龍圖閣學士。封潁川郡公。詞作多悲懷家國，與陸游、辛棄疾、范成大等人有酬贈之作。有詞集《南澗甲乙稿》、《南澗詩餘》。

陸　游（一一二五～一二一〇）字務觀，號放翁，越州山陰人（今浙江紹興）。南宋愛國詩人。紹興應進士試，被秦檜以「喜論恢復」為由除名。孝宗朝賜進士出身。歷任鎮江、夔州通判，並參王炎、范成大幕府，提舉福建及江南西路常平茶鹽公事，權知嚴州。光宗時除朝議大夫，禮部郎中。後被劾去職，歸老山陰。陸游詩作近萬首，題材廣泛，內容豐富，還有詞一百三十首和大量的散文，其中以詩的成就最為顯著。前期多愛國詩，詩風宏麗、豪邁奔放。後期多田園詩，風格清麗、平淡自然。有《渭南文集》、《劍南詩稿》等。

范成大（一一二六～一一九三）字致能，號石湖居士，吳郡人（今江蘇蘇州）。高宗紹興十四年進士。孝宗乾道六年出使金國，官拜參知政事，晚年退居石湖。他與楊萬里、陸游、尤袤合稱南宋「中興四大家」。其詩風格輕巧，但好用僻典、佛典。晚年所作〈四時田園雜興〉六十首是其代表作，有《石湖詩集》、《石湖詞》等著作傳世。

辛棄疾（一一四〇～一二〇七）字幼安，號稼軒，暦城人（今山東濟南）。是南宋愛國詞人。早期遭主和派誹謗，被逐出朝廷。這期間是他詞作的盛期，詞風豪放深沉的。晚年韓侂胄當政，一度起用，不久病卒。其詞抒寫力圖復國的愛國情懷，傾訴壯志難酬的悲憤，筆力雄厚，與蘇軾並稱「蘇辛」。辛棄疾善詩文。存詞六百餘首，為南宋詞人之冠。有《稼軒長短句》，今人輯有《辛稼軒詩文鈔存》。

程　垓，字正伯，號書舟。眉山人（今屬四川）。蘇軾中表程之才（字正輔）之孫。紹熙三年，楊萬里薦以應賢良方正科。詞風淒婉。有《書舟詞》一卷。

石孝友，字次仲，江西南昌人。生卒年不詳。宋孝宗乾道二年進士。仕途不順，不羨富貴，隱居於丘壑之間。所詠多自適之樂，其詞多用俳語、俚語，某些曲調已開元曲先河。有《金谷遺音》。

陳　亮（一一四三～一一九四）字同甫，人稱龍川先生，永康人（今屬浙江），南宋政治家、哲學家、詞人，與辛棄疾交好，詞風以豪邁雄健為主。陳亮一生坎坷，沒有做過官，卻有兩次下獄，五十多歲狀元及第，隔年卒。著有《龍川文集》、《龍川詞》。

劉過（一一五四～一二〇六）字改之，號龍洲道人，吉州太和人（今江西泰和）。工詩能詞，博學經史，論兵尤善陳利害。光宗朝曾上書陳述方略，未被採納，流浪於江湖間。做過辛棄疾的座上客。晚年住在昆山。今傳《龍洲詞》。

姜夔（一一五五～約一二〇九）字堯章，號白石道人，饒州鄱陽人（今江西鄱陽）。一生沒有做過官，家無立錐。為詩初學黃庭堅，與詩人詞家楊萬里、范成大、辛棄疾等交遊，和張炎並稱為姜張。朱竹垞謂：「詞之南宋始極工，姜堯章最為傑出。」又云：「詞莫善於姜夔。」宋詞本是歌詞，在當時都是能夠吟唱的。但大多數宋詞只有文字留下，音樂已經失傳。姜夔的詞集是少有流傳了樂譜的宋詞，現存十七首自創曲，都在旁邊注明了譜式，是研究南宋詞樂的唯一完整資料。收錄於四庫全書之中。姜夔繼承了周邦彥的傳統，又不滿周詞的軟媚無力，於是用詩的句法入詞，散句單行創造了清新剛勁的語言風格。除辛棄疾之外，是南宋影響最大的作家。詞集《白石道人歌曲》。

史達祖（一一六三～約一二二〇）字邦卿，號梅溪，汴京人（今河南開封）。因屢試不中，只好當韓侂胄的幕僚，負責撰擬文稿，頗得倚重。開禧三年韓侂胄因北伐事敗被殺，達祖遭到牽連，被處以黥刑，流放到江漢。晚年困頓而死。工於填詞，長於詠物描寫。有《梅溪詞》傳世。

嚴　仁，字次山，號樵溪。邵武人（今屬福建）。生卒年不詳。與嚴羽、嚴參並稱「邵武三嚴」。其詞多寫男女愛情，極能道閨閣之情。著有《清江款乃集》，已佚。

俞國寶，字不詳，號醒庵。江西撫州臨川人。約一一九五年前後在世。孝宗淳熙間為太學生，江西詩派著名詩人之一。性豪放，嗜詩酒，曾遊覽全國名山大川，留下不少錦詞佳篇。有《醒庵遺珠集》。《全宋詞》錄其詞五首。

盧　炳，字叔陽，號醜齋，約一一三一年前後在世，籍貫及生卒年均不詳。宋寧宗嘉定間嘗仕州縣，多與同官唱和。著有《哄堂詞》一卷。

張　鎡（一一五三～約一二二一）原字時可，因慕郭功甫，故易字功甫，號約齋。出生顯赫，為宋南渡名將張俊曾孫，劉光世外孫，又是宋末著名詩詞家張炎的曾祖。官至司農寺丞。開禧三年與謀誅韓侂胄，又欲去宰相史彌遠，嘉定四年被除名象州編管，卒於是年後。張鎡能詩擅詞，善畫竹石古木，嘗學詩於陸游，尤袤、楊萬里、辛棄疾、姜夔等皆與之交遊。詞大多為宴賞登臨酬答之作。今傳《玉照堂詞》一卷。《全宋詞》存詞八十四首。

朱淑真，自號幽棲居士，錢塘人（今浙江杭州），世居桃村。約一一三一年前後在世。出身宦家、生活不幸，生平難考。博通經史，能文善畫，精曉音律，尤工詩詞。其詩詞多抒寫個人愛情生活，後世稱之「紅艷詩人」，是宋代僅次於李清照的傑出女詞人。生前曾自編詩詞集，死後散佚。

張　掄，生卒年不詳，字才甫，自號蓮社居士。開封人（今河南開封）。淳熙五年曾為寧武軍承宣使。有詠春、夏、秋、冬、漁父、詠酒、詠閒、修養、神仙各十首，多蕭然世外之語。今傳《蓮社詞》一卷。

劉克莊（一一**八七**～一二**六九**）初名灼，字潛夫，號後村居士，莆田人（今屬福建）。做建陽縣知縣時，因寫〈落梅〉詩涉訕謗朝臣，免官十年。後理宗賞其「文名久著，史學尤精」，賜進士，歷任樞密院編修、中書舍人、兵部侍郎等，官至龍圖閣直學士。詩學晚唐，刻琢精麗，為「江湖詩派」領軍人物。著作有《後村別調》、《後村先生大全集》。

盧祖皋（約一一七四～一二二四）字申之，又字次夔，號蒲江，永嘉人（今屬浙江）。南宋慶元五年進士，官至權直學士院。盧詞細致淡雅，文句工巧，近姜夔，今詩集不傳，遺著有《蒲江詞稿》一卷。

黃公紹，字直翁，宋元之際邵武人（今屬福建）。咸淳進士。入元不仕，隱居樵溪。邵武人李南叔收錄嚴羽的詩和評輯為《滄浪吟》，黃公紹為這本書撰寫序言，極力推薦，使這部名著特別是《滄浪詩話》得以廣泛流傳。

陳東甫，生卒年及生平不詳。吳興人（今屬浙江）。與譚宣子、樂雷發交友贈答。《全宋詞》存其詞三首。

方　岳（一一九九～一二六二）字巨山，自號秋崖。祁門人（今屬安徽）。紹定五年進士，曾為文學掌教，後任袁州太守，官至吏部侍郎。因忤權要終生仕途失意。工於詩，多描寫農村生活與田園風光，質樸自然。其詞多抒發愛國憂時之情，風格清健。也是南宋後期的駢文名家，所作表、奏、啟、策，用典精切，文氣暢達，為當時人所稱道。著有《秋崖集》四十卷，詞集有《秋崖詞》。

吳文英（約一二〇〇～一二六〇）字君特，號夢窗，晚號覺翁，浙江寧波人。一生未仕，交遊甚廣。他的詞善用典故，體物入微，遣詞清麗，南宋詞人張炎則曾說吳文英的詞「如七寶樓台，眩人眼目。碎拆下來，不成片段。」今傳有《夢窗集》。流傳的詞將近三百五十首之多，南宋詞人中除辛棄疾之外，作品數他最多。有自度曲十餘闋，其中〈鶯啼序〉二百四十字，為詞史上僅見的四片長調。

潘　我（約一二〇四～一二四六）字庭堅，號紫岩，閩縣人（今屬福建）。理宗端平二年進士。歷浙西茶鹽司幹官，改宣教郎，除太學正，旬日出通判潭州。淳祐六年卒於官，年四十三。《宋史》、《南宋書》有傳。有《紫岩詞》一卷。

文及翁，字時學，號本心。綿州人（今四川綿陽）。理宗寶祐元年進士。任昭慶軍節度使掌書記，禮部郎官兼學士院權直兼國史院編修官、實錄院檢討官。恭帝德祐初，官至資政殿學士、簽書樞密院事。元兵將至，棄官而遁去。有文集二十卷，不傳。《全宋詞》輯其詞一首。

李好古，字仲敏，生平不詳。自署鄉貢免解進士。少年有大志，但無法獲得報國的機會，中年以後仍然不得意，到處流浪。宋代名李好古者非僅一人，這裡指的是寫《碎錦詞》的李好古。他的詞師法蘇軾、辛棄疾，風格雄豪，少數寫閒適之情的小令則以綺麗見長。

劉辰翁（一二三二～一二九七）字會孟，號須溪。吉州廬陵人（今江西吉安）。曾入太學，理宗景定三年廷試對策，因忤權要賈似道，置於丙等。曾任濂溪書院山長。宋亡不仕，隱居而終。其詞兼學蘇、辛，早期詞作以俊逸見長，晚年多感傷時事之作，格調悲鬱。有《須溪集》、《須溪詞》。

蔣　捷（一二四五～一三〇一）字勝欲，號竹山，宋末元初陽羨人（今江蘇宜興）。先世為宜興巨族，咸淳十年進士。南宋亡，隱居不仕，人稱「竹山先生」、「櫻桃進士」。長於詞，與周密、王沂孫、張炎並稱「宋末四大家」。其詞多抒發故國之思、山河之慟、風格多樣，而以悲涼清俊、蕭寥疏爽為主。尤以造語奇巧之作，在宋代詞壇獨樹一格，有《竹山詞》一卷。

周　密（一二三二～一二九八）字公謹，號草窗，又號四水潛夫、弁陽老人、弁陽嘯翁。祖籍濟南，後流寓吳興。周密為南宋末年雅詞詞派領袖，其詞風格在姜夔、吳文英之間，與吳文英並稱「二窗」，與張炎、王沂孫、蔣捷並稱宋末四大家。

宋亡不仕，隱居臨安，並著書記錄舊朝南宋的各種事物，成書《武林舊事》、《癸辛雜識》。詞集名《草窗詞》、《品州漁笛譜》等書。

王沂孫，字聖與，號碧山、中仙、玉笥山人。會稽人（今浙江紹興），生年在周密之後，張炎之前。入元後曾任慶元路學正，不久歸隱。詞以深隱的筆法抒發複雜的情感，藉此喻彼，最工於詠物。在宋末詞人中，王沂孫的詠物詞最多，也最精巧。有《花外集》。

文天祥（一二三六～一二八三）吉州廬陵人（今江西吉安），初名雲孫，字天祥。選中貢士後，換以天祥為名，改字履善。寶祐四年中狀元後再改字宋瑞，後因住過文山，而號文山。文天祥以忠烈名傳後世，受俘期間，元世祖以高官厚祿勸降，文天祥寧死不屈，從容赴義，與陸秀夫、張世傑被稱為「宋末三傑」。能詩，前期受江湖派影響，後期多表現愛國精神之作。存詞不多，筆觸有力，感情強烈，表現了作者威武不屈的英勇氣概，震撼人心。有《文山先生全集》。

鄧　剡（一二三一～一三〇三）字光薦，號中齋，又號中甫，廬陵人（今江西吉安）。理宗景定三年進士，後隱居在家。文天祥起兵勤王，他舉家參加，老幼十二口死於廣東香山兵燹。海戰時投海遇救，張弘範勸降被拒，於是將鄧剡和文天祥一同押送元都燕京。鄧因病重被留在金陵就醫放還。宋亡後不仕。有《中齋集》，存詞十三首。

王清惠，宋度宗宮廷昭儀。恭帝德佑二年，臨安（今浙江杭州）淪陷，隨三宮一同被俘往元都，後自請為女道士，號沖華。現存詩四首，詞一首，為亡國遺民長歌當哭之作，格調低迴悲壯。

張　炎（一二四八～一三二〇）字叔夏，號玉田，又號樂笑翁。臨安人（今浙江杭州）。他是名將張俊六世孫，也是南宋著名的格律派詞人。宋亡以後，家道中落，曾北遊燕趙謀官，失意南歸，落拓而終。曾從事詞學研究，著有《詞源》、《山中白雲詞》，存詞約三百首。他的詞多寫個人哀怨並長於詠物，常以清空之筆，寫淪落之悲，帶有鮮明的時代印記。與姜夔並稱「姜張」。與宋末著名詞人蔣捷、王沂孫、周密並稱「宋末四大家」。

李　白（七〇一～七六二）字太白，號青蓮居士，祖籍隴西成紀（今甘肅泰安縣），出生於中亞碎葉城（今吉爾吉斯共和國境內），少時隨父遷居四川綿州青蓮鄉。天寶元年，隨友人吳筠入長安，賀知章讀了李白的詩「蜀道難」，讚嘆其為天上謫仙，並推薦給唐玄宗，召為供奉翰林，後賜金放還。安祿山反，李白因受牽連，被囚於潯陽，流放夜郎途中遇赦獲釋，最後病逝於當塗。李白詩文高妙清逸，世稱詩仙。〈菩薩蠻〉、〈憶秦娥〉被尊為百代詞曲之祖。

張志和（七四三～七七四）本名龜齡，字子同，金華（今浙江）人。唐肅宗時待詔翰林。後因事被貶，絕意仕進，隱居江湖間。自號玄真子，又號煙波釣徒。著書亦名《玄真子》。張志和曾謁顏真卿，所作〈漁歌子〉一闋，風流千古。

韋應物（七三七～七九二）京兆長安人。少年時以三衛郎身份侍候唐玄宗。安史亂起，玄宗出逃，社會動盪，韋應物失了依靠，體認到世事無常，漸漸有了求道之心。他發憤讀書考中進士，因曾做過蘇州刺史，世稱韋蘇州。四十二歲辭官，決心修煉道家清淨無為的義理，晚年定居蘇州城外永定寺。韋應物的詞不多，詩則閑淡古樸，接近陶淵明的田園風格。

戴叔倫（七三二～七八九）字幼公，潤州金壇人（今江蘇）。歷任東陽令、撫州刺史，吏治清明，為世人推崇；晚年上表自請為道士。他的詩多寫農村生活，也有一些邊塞詩，反映戰亂後的民間苦狀。抒情之作則講究韻味，婉轉真摯。《全唐詩》詞作僅餘調笑令（邊草）一首。

王　建（七六七～八三〇）字仲初，潁川人（今河南）。早年從軍走馬，後任縣丞、司馬等低階官僚，世稱「王司馬」。他寫樂府詩，同情百姓疾苦；又寫過宮詞百首，描繪宮中風物人情。他的樂府詩與張籍齊名，世稱「張王樂府」。

劉禹錫（七七二～八四二）字夢得，生於嘉興（今浙江），先祖是匈奴人。劉禹錫與柳宗元同榜登進士，又舉博學宏詞科，銳意仕途，頗受當朝器重。新帝即位，劉禹錫迭遭貶謫，十數年的民間生活，他吸取民歌養分，作竹枝詞、楊柳枝詞，詩樂融和，意味雋永，在當時有「詩豪」之稱。

白居易（七七二～八四六）字樂天，號香山居士，下邽人（今陝西）。貞元年間進士，曾任校書郎、左拾遺、贊善大夫等職，後因得罪權貴，貶江州司馬。後歷任杭州、蘇州刺史，並任太子少傅，分司東都，死後葬於洛陽香山。白居易有詩魔之稱，晚年寄情詩酒，號醉吟先生。初與元稹相酬詠，號稱「元白」；又與劉禹錫唱和，人稱「劉白」。

皇甫松（七〇一～七六二）字子奇，自號檀欒子，睦州新安人（今浙江淳安）。他是工部侍郎皇甫湜之子，宰相牛僧孺的外甥。筆致清靈，王國維《人間詞話》稱其「情味深長，在樂天、夢得上」，花間集稱為「皇甫先輩」。

溫庭筠（八一二～八七〇）本名岐，字飛卿，太原人。晚唐著名詩人、花間派詞人，詞風濃綺豔麗。當時與李商隱、段成式文筆齊名，號稱「三十六體」。由於形貌奇醜，因號「溫鍾馗」。晚唐考試律賦，八韻一篇，溫叉手一吟便成一韻，八叉八韻即告完稿，故時人亦稱為「溫八叉」。溫詩與李商隱齊名，又力倡以新興曲調作歌詞，遂開五代、宋詞之盛，為花間鼻祖。

韋　莊（八三六～九一〇）字端己，杜陵人（今西安），是詩人韋應物的四代孫。曾任校書郎、左補闕等職，王建建立前蜀，韋莊做宰相，蜀國開國制度皆為其所定。詞風清麗，王國維稱譽其「骨秀也」。有《浣花集》傳世。

薛昭蘊，字澄州，河中寶鼎人（今山西榮河縣）。前蜀後主王衍時，官居侍郎。薛恃才傲物，每入朝省，弄笏而行，旁若無人，且好唱浣溪紗詞。知舉後，有一門生辭鄉歸里，獻規曰：「侍郎重德，某乃受恩。爾後請不弄笏與唱浣溪紗，某幸甚也。」現存詞作僅十餘首，內容多寫閨情宮怨、文人得意情景，風格則近似韋莊，較多豔情縟文。

牛嶠（約八九〇前後）字松卿，一字延峰，隴西人（今甘肅）。唐相牛僧孺之後，曾任拾遺、補闕、校書郎。王建立前蜀，牛任判官、給事中等職，故後人又稱「牛給事」。牛嶠博學有文才，詞風近溫庭筠，是花間派重要詞人。

毛文錫（約九一三前後）字平珪，高陽人（今屬河南）。唐進士，在前蜀做翰林學士承旨、禮部尚書，累官司徒。蜀亡，降後唐，後又事後蜀。毛詞大都是供奉內廷之作，內容多寫歌舞冶遊，擅小詞豔語。

牛希濟（八七二～？）五代詞人，出身隴西（今甘肅）。早年流寓於蜀，依嶠而居，前蜀後主時累官翰林學士、御史中丞；蜀亡降於後唐，拜雍州節度副史。他和牛嶠是姪叔，同屬花間派詞人，牛嶠詞豔，牛希濟則尚自然，近於韋莊。

歐陽炯（八九六～九七一）益州華陽人（今四川成都）。生於唐末，歸宋後官至散騎常侍。作詞上承溫庭筠，擅長表達女子委婉含蓄的情懷。曾為趙崇祚撰花間集序，表達以豔為美的詞學主張，可視為詞集序文之濫觴。

顧　夐（約九二八前後）五代詩人，在前蜀時任茂州刺史，入後蜀累遷至太尉。顧善小詞，〈訴衷情〉曲尤為人知。其豔詞多質樸語，堪稱五代豔詞上駟也。

鹿虔扆（約九三八前後）後蜀時登進士第，累官至學士、永泰軍節度使、進檢校太尉，加太保，人稱鹿太保。鹿虔扆也是花間派十八家詞人之一，與歐陽炯、毛文錫等俱以工小詞供奉後主，時人忌之者，號曰五鬼。

李　珣（八五五～九三〇）字德潤，祖先是波斯人，家於梓州（今四川三臺）。珣有詩名，被朝廷以賓禮待之，貢於京師，事蜀主王衍。珣詞風淡雅，被歸入韋莊一派。他對藥學亦頗有研究，曾遊覽嶺南，識得許多海外傳入的藥物，著有《海藥本草》六卷。

孫光憲（九〇〇～九六八）字孟文，自號葆光子。陵州貴平人（今屬四川仁壽）。孫光憲出生農家，好讀書，喜抄書，至老不廢。唐末為陵州判官，五代後唐時避居江陵，歷官荊南節度副使、檢校秘書少監、兼御史大夫。入宋後任黃州刺史。清陳廷焯撰《白雨齋詞話》，說他「詞氣甚遒，措辭亦多警練，然不及溫韋處亦在此」。

張　泌，字子澄，常州人（今江蘇常州）。曾任江蘇句容尉，南唐後主任監察御史、考功員外郎，中書舍人。隨後主入宋，升遷為郎中，然每寒食必親至後主墳上祭奠，哭之甚哀。

馮延巳（九〇三～九六〇）字正中，廣陵人（今江蘇揚州）。有辭學，多伎藝。南唐烈祖李升以為秘書郎，使與元宗（李璟）遊處。保大中官中書侍郎，拜平章事，出鎮撫州，後又入朝為相，終罷為太子少傅。其當金陵盛時，與朋僚親舊燕集撰作，以思深辭麗、均律調新著稱。馮在五代為一大家，與溫（庭筠）、韋（莊）分鼎三足，對北宋諸家影響至深。王國維《人間詞話》謂其「堂廡特大，開北宋一代風氣」。

李　璟（九一六～九六一）初名景通，字伯玉，南唐烈祖李昪的長子，嗣位改元保大。中主在位十九年，廟號元宗。李璟多才藝，詩書皆佳，今存詞只四首。

李　煜（九三七～九七八）字重光，號鍾隱、蓮峰居士，中主李璟第六子。南唐後主在位十五年，即位初期蠲賦息役，以裕民力。然酷愛佛事，頗廢政事，終為宋所滅，被押往汴京。李煜前期之作多寫宮廷生活，後期專抒亡國之痛、故國之思。王國維謂其詞神秀，眼界始大，變伶工詞為士大夫詞。今存詞三十多首，見錄於後人與李璟合刻的《南唐二主詞》。

國家圖書館出版品預行編目(CIP)資料

宋詞三百首/(清)朱祖謀編選原版.
—第一版.—新北市:人人,2018.02
面;公分.—(人人讀經典系列;16)
ISBN 978-986-461-133-1(精裝)
833.5 107000620

【人人讀經典系列16】

宋詞三百首

編選原版/清・朱祖謀
封面題字/羅時僖
書系編輯/孫家琦
書籍裝幀/楊美智
發行人/周元白
出版者/人人出版股份有限公司
地址/231028新北市新店區寶橋路235巷6弄6號7樓
電話/(02)2918-3366(代表號) 傳真/(02)2914-0000
網址/www.jjp.com.tw
郵政劃撥帳號/16402311人人出版股份有限公司
製版印刷/長城製版印刷股份有限公司
電話/(02)2918-3366(代表號)
香港經銷商/一代匯集
電話/(852)2783-8102
第一版第一刷/2018年2月
第一版第四刷/2024年4月
定價/250元

人人粉絲頁 人人伽利略 最新活動/粉絲頁/官網